フェロモン探偵 アイドルを追え！

丸木文華

講談社X文庫

目次

「フェロモン探偵」シリーズ

キャラクター紹介

夏川映（なつかわあきら）

和装の美形探偵。由緒ある家柄で、絵画と琴の腕前は天才的。厄介事と妙な男を引き寄せてしまう超トラブル&フェロモン体質。美少年好きでタチと公言している。

川越隼（かわごえしゅん）

桜庭ゆりのマネージャー。特殊能力があるらしいが……？

白松龍二（しらまつりゅうじ）

雪也の双子の弟。白松組若頭。

Characters

如月雪也（きさらぎ ゆきや）

本名は白松龍一（しらまつりゅういち）。実家は関東広域系ヤクザ白松組。家業は継がず、大学時代に会社を興し、今は悠々自適の生活。記憶喪失だったところを映に拾われ、助手になる。ゲイではなかったが、映とは体の関係に。

夏川拓也（なつかわ たくや）

映の兄。
雪也とは大学時代からの友人。

夏川美月（なつかわ みつき）

映の妹。映の数少ない理解者。

イラストレーション／相葉キョウコ

フェロモン探偵　アイドルを追え！

謎のアイドルを追え

人間誰しも、美しいものが好きである。

美的感覚は人それぞれだが、人が美を好むからこそ、美しさは才能と呼ばれ、尊ばれ、商売として成立する。

夏川映も、美しいものが好きである。何しろ父は日本画の大家、母は元華族で琴の一大流派を率いる家元と、芸術の中で生まれ育ったのだ。自身も若くして絵画の賞を総なめにし、琴も免許皆伝の腕前である。

きらびやかで感性豊かな環境で過ごして、自然と美に親しんできた。それゆえか、性的指向は別として、眺めるならば男でも女でも美しい人がいい。

美しく爽やかな初夏の午後。

そしてあまり美しくない爽やかに冴え渡る閑古鳥が鳴く夏川探偵事務所。

かと思いきや、何と今日は客人がいる。しかも可憐で美しい、銀座に咲く夜の花だ。

「申し訳ありません、こんな格好で。この後仕事に向かいますもので……」

「いえいえ、構いませんよ。むしろ眼福です。こんなしみったれた事務所にはあまりに不似合いですが、いつもの風景がまるで違って見えますよ」

映はお世辞だけではない褒め言葉を口にしつつ、依頼人――八木崎香苗をにこやかに観察した。

淡い翡翠色の絽の訪問着に、同じく淡い水色の帯を締めている。普通ならば浮ついてしまいそうな難しい組み合わせだが、この清楚な美人は何とも品よく着こなしている。何よりものはかなり上等な代物で、それが誂えたようによく似合う。

映は着物に関しては目が肥えている。両親ともに日常から着物を多く着ている環境で育ち、自身も私生活では和装を好んでいたので、現代日本では珍しいほど着物に親しみがあるのだ。

今このときも映は着物を着用し、到底二十八歳には見えない童顔に渋い和服姿で依頼人に向き合い、まるで一人洋装の雪也だけが場違いのような格好になっている。

「八木崎さんは、こちらへは『若菜』のママの紹介でいらしたんでしたよね」

「ええ、そうなんです。私が銀座で働き始めた頃から、本当にお世話になっていて。あ、私のことは香苗と呼んでください。誰からも名字では呼ばれないので、何だかくすぐったくて」

香苗は目を細めて微笑んだ。

映は夜の世界に知り合いが多い。かつてパトロンを通してその界隈の仕事を紹介され、それが縁で広がっていったこともあるが、映はあの場所の空気が自分には合っていると感じている。

相手が誰でも受け入れる世界。いるのはただの男と女、そして金。単純明快で、そして何もかも包み込んでくれる、優しくて無責任な温かい夜の暗がり。映にはそれが必要な時期があった。

両親の才能を受け継ぎ、若くして絵画の大きな賞をいくつも取り、琴の奏者としても類い稀な腕を持ち、華やかな世界にいた映。

そんな輝かしいものすべてを捨てて家を出た後、男を渡り歩き、探偵稼業を営みながら、誰もあの『夏川映』を知らない、自由な世界の空気に耽溺していた。これまでのしがらみから逃げ出し、身ひとつで生きている今このときが、本当の自分なのだと信じていた。周りを欺いていると感じていた苦しみから解放され、汚れた自分を隠す必要のない、奔放な日々を満喫していた。

しかし、映はしばらくして雪也という相棒と出会う。

探偵とその助手として、そしてセフレのような恋人のような関係を持ちつつ、この男と過ごすことで、映は自分が捨ててきたものたちの大切さに気づいてゆく。今まで煩わしく思っていた輝かしいものたちも、すべては自分を形作るなくてはならない要素だったのだと。

紆余曲折を経て実家へ帰る機会も増え、つい最近ロシアで襖絵を描くという仕事もこなしてきた。

そして親しんできた夜の世界の住人を前に仕事をしようとしているこの状況を、どこか新鮮な気持ちで受け止めている。

これまでと同じ探偵の仕事といえばそうなのだが、映の中で様々なものが動き始めている今、ふと違った景色を見ているような、ふしぎな感覚を覚えるのだ。

そしてまた、依頼人の香苗の方も向かい合って座っている映と雪也に、何やら新鮮なときめきを感じているようである。

「あの、夏川さんたちのお話はずっと前から伺っていたんですよ、色んな方から。探偵事務所のようなところには絶対にいそうもない、本当に綺麗な男の子と、美形の男性がいるんだ、って。夏川映さんと、如月雪也さん。結構、私の周りじゃ有名なんですよ」

「ええ、そうなんですか……一応、もう『男の子』って年齢じゃないんですけどね」

「ごめんなさい！　でも本当にお二人とも素敵過ぎて、噂以上でした。私、さっきからあまりじろじろ見過ぎないように気をつけているんですけれど……」

「あなたのような美人にならばいくら見られても構いませんよ」

雪也は相変わらず天然で女性を口説くような物言いをする。「お上手ですね」と返す香苗の色っぽい笑い声で、しみったれた探偵事務所が一瞬銀座のクラブのように華やいだ。

「でも、本当にそう思うんです。私、こう見えて以前は芸能界にいましたから、散々綺麗な人たちは見てきたんですけれど、お二人は群を抜いていますもの」

「ああ、そうだったんですね」

映は合点して頷く。

「そういえばどこかでお見かけしたような、と思っていました」

「といっても、私はそんなに売れなくて。グラビアアイドルをやっていたんです。高校のときにスカウトされて芸能界に入って……でも、本当に難しいところで。結局、今のお仕事に落ち着いてしまいました」

「銀座には何年くらい？」

「二年です。まだまだ新人です。勉強の毎日ですよ」

そうはいっても、相当な売れっ子だと聞いている。自分の店を持つのもすぐなのではないかとすら言われているようで、かなりの有望株らしい。

香苗は恥ずかしそうに白い指先を頬に当てる。桜貝色のネイルが上品で美しい。

「すみません、関係ないことばかり。お忙しいでしょうし、依頼の話を始めますね」

「いえ、大丈夫ですよ。香苗さんのお時間が許せば、好きなだけ。こちらは時間が有り余っていますので」

「また、ご冗談ばっかり」

「いやいや、本当ですよ。まあ、時間のことは気にしないでください。今日は香苗さんの日ですから」

　映と雪也二人で時間があると言っても謙遜と受け取っているらしく、香苗はおかしそうに笑っている。もちろん混じりけなしの真実なのだが、あまり閑古鳥ぶりを力説する必要もないだろう。

　いざ本題に移りそうになったとき、香苗は少し言いづらそうに口ごもった。

「実は、ちょっとその……今回の件、お受けいただけるかわからないものなんですけれど」

「それはまたどういった……」

「実は、調査してほしい相手が、芸能人なんです」

　映と雪也は顔を見合わせる。確かにそれはこれまでにない依頼だ。ストーカー目的で芸能人を探りたいなどという依頼はそもそも断っているし、一般人の浮気調査や痴話喧嘩のあれこれに芸能人が関わってくることもほとんどない。

　しかし香苗は元グラビアアイドルで、かつて芸能界に籍をおいていた。そうなると芸能人が人間関係に交じるのもごく自然なことだ。

「芸能人だからという理由で断ることはありませんよ。ご安心ください」

「あ……そうなんですか。よかった。私、探偵さんがどういった手法で調査されるのか知らなくて。結構有名な人なので、大変そうだと思ってしまって」

「そんなに人気がある人なんですか」

「ええ……桜庭(さくらば)ゆり、ご存じですか」

えっ、と雪也が声を上げる。ん？　と首を傾(かし)げる映。

その反応に、雪也は目を丸くして映を凝視した。

「何ですか映さん、桜庭ゆりを知らないんですか」

「えっと……聞いたことあるような気もするけど……」

「テレビで彼女を見ない日なんてありませんよ。ネットでもそうです。今多分いちばん露出の多いアイドル……というかタレントというか女優というか。とにかく、今最も有名な芸能人ですよ」

　そこまで言われてしまうと、ぼんやりとしかわからない自分がアホのようで恥ずかしくなる。テレビはいつも何となく食後などに見ている程度で、同じような頻度の雪也がその『桜庭ゆり』を認知しているのだから、自分が知らないことがおかしいのだ。

　ただ映は兄の拓也(たくや)ほどでないにしろ、興味のない人間をあまり覚えられない。もちろん記憶力は人並み以上にあるのだが、要するに美しいと思ったり面白いと思ったり、どこかしらに気を引かれなければ真面目(まじめ)に見ることもない。顔を覚えていても名前と一致しないのだ。

「ほら、この子ですよ」

雪也は端末で桜庭ゆりを検索し、画面を映に見せる。

そこには肩までの栗色の髪を内側に巻いた、丸顔の、何とも素朴な――と言ったらいいのか、要するにあまり目立った特徴のない、もっとあけすけに言えば、華のない若い女性が満面の笑みで映っていた。美しさで言えば、間違いなく目の前に座っている香苗の方が数段、上だ。

これでは自分が覚えていないのも無理はない、と映は内心納得する。しかし確かにそう多くないテレビを視聴する機会の中でも、何度か見かけている気がする。名前を認識していないだけで、存在自体は記憶の片隅に残っているようだ。

「彼女、元々アイドルグループのメンバーだったんですが、そのときはさほど人気はなかったらしいです。グループを脱退してソロ活動を始めてからいきなり有名になってきたんですよ」

「そうなの？　じゃ、ソロが向いてたってことなのか」

「……実は、調査をしていただきたいのはそのことなんです」

やや重い口調で、香苗が口を挟む。

「如月さんの仰った通り、彼女はソロ活動に転向してから売れ始めました。それはもうすごい勢いで」

「そのことが、不自然だと？」

「いえ、それだけならよくあることです。よく言われている、事務所のゴリ押しで意図的に人気を演出することはいくらでもできますから。私が彼女の調査を依頼したいと思ったのは、彼女の周囲でおかしなことがあり過ぎるからなんです」

雪也は合点した様子で深く頷く。

「『きゅーきゅーきゅーぴっど』の話ですね」

「何、その……何か救急車っぽい名前」

香苗は映の呟きにクスッと笑う。

「そうです、キューピッドと救急車を合わせた名前です。救急車が必要なくらい、ハートを撃ち抜かれてしまうっていう意味のグループ名だったと思います」

聞けば思わずぽんと手を打ちたくなってしまうような名前である。一見珍妙にしか思えなくても、当たり前だがきちんと意味を込められて付けられているのだ。

「なるほど。そのアイドルグループは、桜庭ゆりが在籍していたところですか」

「そうです。けれど、今はもうありません」

「え……解散、ですか」

「映さん、これも一部ではかなり有名な話です。『きゅーきゅーきゅーぴっどの怪』なんて呼ばれたりもしていますよ」

何だか話がオカルトめいてきた。

「それって怖い話？」

「ええ、とても怖いです。あまりにも連続して起こりましたから……」

「世間でも、やっぱりおかしいと思われているんですね」

　香苗は苦笑し、小さくため息を落とす。

「そりゃ、そうですよね……あんなこと普通ありませんし。メンバーがあんなにも次々とスキャンダルに襲われて辞めていっただなんて」

「スキャンダル……ですか。それは、異性関係とか？」

「大体はそうです」

　雪也が甲斐甲斐しくお茶を淹れ直しそれぞれの前に並べる。香苗は頭を下げながら話を続ける。

「その現象は、ゆりが辞めてからしばらくして始まりました。それまで不祥事なんてひとつもなかったきゅーきゅーきゅーぴっどに、突然週刊誌の攻撃が始まったんです。あるメンバーは男性とラブホテルに入るところを撮られ、あるメンバーはカラオケでキスをしている写真が出ました。他にも、ＳＮＳが流出したり、私的な会話の録音が流されたり。メンバーは当時十人ほどでしたが、全員にそれが起きました。すべてアイドルとして致命的なものばかりでした」

「そんなものが、連続して……？　普通、そんなスキャンダルがひとつ出れば、皆気をつけませんか」

「だからネットなんかでは、誰かが裏で糸を引いていたんじゃないかって言われてたんですよ」

心なしかウキウキとした調子で雪也が解説する。

「ネット上では桜庭ゆりの脱退も『怪』に含まれています。むしろそれが始まりだったという感じで、誰かの意図でメンバーが次々に辞めていき、結局グループは解散……という流れです。それが何者かの計画だったのではと噂されたのは、メンバーの不祥事の写真やら映像やらの証拠が、すべて一時期に集められたものだったからです」

「え……次々に、って言うけど、じゃあその写真だとかは全員同じ時期に撮られてたっていうのか。それを、公表するタイミングをずらしたってだけだったのか」

その通りです、と意外とミーハーだった男は興奮した目で頷く。

「だから映さんの言うように、誰かのスキャンダルが出た後で気をつけても無駄だったんですよ。完全に計画されたものだと誰もが考えたので、色々と黒幕の噂は流れました。メンバーを恨んだファンだとか、またはライバルのアイドルだとか、大穴として実は事務所の社長が意図的に自社のグループを潰したかったんだとか。しかし、結局は謎のままです」

「へえ……それで『怪』ねえ」

それは確かに興味深い話だ。当人たちにしてみれば地獄だっただろうが、芸能界といえば様々なことがあるとはいえ、アイドルグループがそんな風に計画的に潰されたという話はこれまで聞いたことがない。

「きゅーきゅーきゅーぴっどは日本一とまでは言いませんが、このアイドル群雄割拠の時代でそこそこ人気のあるグループではありました。だからメンバーの不祥事が次々に明るみに出たとき、結構な騒ぎでしたよ。映さん、それも知りませんでした？　解散してからまだ一年も経ってませんよ」

「えっと……またやってんなぁってくらいで、詳しくそういうの調べないから……興味ねぇし」

「アイドルに興味がなければ、そんなものですよね」

香苗が優しく映をフォローする。しかしネットで商売をしている雪也が情報に敏感なのは当然として、かなり大きな出来事だったのだろうし、さすがに映も自分の世間への無関心さを恥じた。

新聞や雑誌は暇つぶしによく読んでいる。けれどすべての記事を覚えているわけではない。浮き世離れしていると言われることもあるが、いわゆるゴシップというものにあまり興味が湧かないのだ。

「でも、その騒動の一部に桜庭ゆりの脱退も含まれていたんですね……それじゃ、誰もふしぎに思わなかったんでしょうか。彼女のその後の活躍を」

「確かに……あのグループが解散した後、芸能界で活躍できているメンバーは桜庭ゆりだけですよね。他はほとんど見なくなってしまった。けれど、それは桜庭ゆりがスキャンダルで脱退したわけではなかったからで……」

「そうです。ゆりは何か問題を起こして脱退したわけではありません。彼女の脱退理由は誰も知らない。誰も気にしません。人気があまりになかったので、いつの間にかいなくなっていたという程度だったんです」

ふいに、香苗の口ぶりがひどく冷たくなり、映はドキリとする。

これまでまるで客に対するように穏やかに、たおやかに、美しく話していた彼女の、生身の部分が突如垣間見えたような感覚だった。

「何十人もいるような大きなグループではなかったのに、それでもゆりは影の薄い子でした。それもそのはずです。アイドルと言うには、ゆりはあまりにすべてが普通でした。容姿も、トークも、歌唱力も。新しいメンバーが入って、それに押されるようにして卒業……誰もが事務所の判断だったんだと思っていました。彼女は首を切られたんだと」

「確かに、なぜ桜庭ゆりがグループを抜けたのかはあまり話題に上りませんね……ただ、あの連続スキャンダルの皮切りだったという風にしか語られない」

「ええ。確か一人で色々なことに挑戦したくなったからというような理由で脱退しました。けれど、それを言葉通りに受け取った人はいないでしょうね。きっとこのまま芸能界から消えていくんだと思われていた。それが、この大逆転です。ゆりの成功と、メンバーの転落……私はこの二つがまったくの無関係だとは、どうしても思えないんです」

すでに香苗の顔に笑みはない。見えてくるのは、葛藤、嫉妬、困惑。この話を語るときの彼女は、まるで芸能界にいた頃に戻ってしまっているかのようだ。

映は探るような目で香苗を見つめた。

「香苗さんは随分、きゅーきゅーきゅーぴっどを気にされているんですね」

「……実は、芸能界で唯一私が友人と呼べる子が、あそこのメンバーだったんです。だから、内情は色々と聞いていました」

「そうだったんですか。桜庭ゆりは、グループにいたときからどこかおかしかったんですか？」

「いいえ。その頃のゆりは大人しくて……目立つようなことは何もありませんでした。あの子はグループを辞めて売れ始めてから、メンバーの悪口を周りに吹聴するようになったんです。そして、男遊びも激しくなった。それなのに、絶対に週刊誌には載らないんです。メンバーたちよりもよほど露骨だったたっていうのに」

それは何らかの圧力が働いているということなのだろう。桜庭ゆりには力強い後ろ盾があるのかもしれない。

「それじゃ、今回のご依頼というのは……」

「ええ。桜庭ゆりの身辺調査です。なぜ彼女がこんなにも売れているのか。メンバーたちのスキャンダル発覚に彼女は関係しているのか……それを調べていただきたいんです」

なかなかに骨の折れそうな依頼である。有象無象の週刊誌をも黙らせる力のあるアイドルの調査だ。滅多なことでは解明できないだろう。

「とても大変な調査になることはわかっています。今いちばん売れっ子の芸能人の調査ですもの。いくらでもお支払いしますわ。期間もどれだけかかっても構いません」

「あの、これは個人的にお訊ねするんですが……」

香苗の強い意志に、思わず映は訊ねる。

「どうして、そこまでして桜庭ゆりのことを知りたいのですか。これまでうちに来る依頼は大体が直接ご本人に関わりのある案件でした。聞いていると、香苗さんは桜庭ゆりとは何か確執だとか人間関係のこじれはないですよね。彼女の行動で何か影響があったとか」

「ええ……それは何も。もちろん、元メンバーの友人のためというのはあります。私はゆりがグループ解散に関わっていると思っていますので、その真相を知りたい。それと……私自身の気持ちの整理のためでもあります」

「気持ちの整理？」

香苗は一瞬口を閉ざす。僅かに頬に微笑みを浮かべ、瞳の奥に暗い光を宿しながら、重々しく言葉を紡ぐ。

「私は成功することができずに芸能界を去りました。これでも、少しは自信があったんです。それに、自分でできることは何だってやってきた。それでも、だめでした。顔を磨いて、体を磨いて……偉い人たちに媚を売って。そんな子たち、あそこにはいっぱいいると思います。その中で生き残っていくのは、ずば抜けた何かを持った子、そして縁と運……正直、ゆりには縁と運しかありません。でもそれだけで、あんなに上に行ったなんて……私にはとても信じられない。悔しいんです」

「つまり、何か事情が……裏があると思っているんですね」

香苗は頷き、僅かに滲んだ涙をハンカチで拭う。

「もし、ゆりが誰かの権力を笠に着て、私の友人や他のメンバーたちを陥れたなら許せません……しかも、あんな何の才能もない子が売れに売れて……私のように疑問に思っている人たちはたくさんいると思います。特に、芸能界を諦めた子たちは、皆ゆりにはきっと何か特別なバックアップがあると確信しています」

きっと相当な努力をしてきたのだろう。それでも生き残れなかった世界で、桜庭ゆりのような一見何も秀でたところのない存在が輝いているのが許せないのかもしれない。

八木崎香苗が帰っていった後、雪也は改めて桜庭ゆりのことをネットで調べている。

「まあ、確かにずっと言われてはいますね。なぜ人気なのかわからないだの、事務所のゴリ押しだの……。もっとひどいことも色々噂されてます」

「そんなに地味な子なのか？　確かに外見は普通だけど、何かこう人を惹きつけるものがあるとか」

雪也はラップトップを前に腕組みをして考える。

「さあ……俺の見る限りでは、機転が利いて喋りが上手いわけでもないですし、何か特技があるというのを見たわけでもありません。ドラマでも主演を任されたりしますが、演技は凡庸。歌も同じです。けれど、一流の作曲家や作詞家、演出家がつくので世間で流行はしていますね。ドラマも作り手が一流ですから、桜庭ゆりの演技が上手くなくても話題にはなります」

「事務所に全力でバックアップされてるってことだよなあ……そこの事務所、他にいい子はいないわけ？」

「いいえ、桜庭ゆりが所属しているのは大手芸能事務所『セントプロ』です。それこそ俳優から芸人、歌手まで幅広く優秀な人材であふれていますよ。今はその中でもトップの一人が桜庭ゆりです」

「そんなに売れっ子がたくさんいるのに、あえて桜庭ゆりも推してるのか……芸能界ってよくわかんねぇな」

いかにも凡庸な一人の女性が、祭り上げられ輝いていく。一般人は「何であの子が」と思いつつ、何度も目にしていれば「彼女は人気者」と刷り込まれていくだろう。

スターは作られる。芸能界では、むしろ自然発生したスターの方が少ないと言えるかもしれない。

『正直、ゆりには縁と運しかありません。でもそれだけで、あんなに上に行ったなんて……私にはとても信じられない。悔しいんです』

映の脳裏に、八木崎香苗の感情を押し殺したような、僅かに憤りの滲む声が蘇る。

はたして、彼女の依頼はただの私怨、もとい興味、なのだろうか。桜庭ゆりの身辺調査――なぜ彼女がこれほどに人気が出たのか。アイドルグループの解散に関わっているのか。

今までもかなり奇妙な依頼は受けてきたが、今回もまた新しい種類の内容で、調査の方法に迷ってしまう。

隣で首をひねっている映を雪也がおもむろに抱き寄せる。

「気になりますか、元グラビアアイドル」

「ああ……彼女、まだちょっと何か隠してるような気もする」

「そうですね。きゅーきゅーきゅーぴっどの元メンバーと友人だったという話も、後出しでしたし……まだ何か喋っていないことはありそうですね」

「しっかし、あんだけ美人で話も上手そうなのに、売れねぇんだな……厳しいな芸能界っては」

「グラビアアイドルと名のつく子たちはたくさんいますからね。彼女の言う通り、何かずば抜けたものと、後は縁と運でしょう。どんどん新しい子たちは出てきますし、人の興味が移るのも早い。残酷な世界ですよ」

映よりもよほどアイドルなどには疎そうな雪也がペラペラと芸能界事情を語るのが面白い。もしかすると、どこかのグループのファンだったりするのだろうか。夢中でペンライトを振る雪也を想像したら噴き出しそうになり、映は必死で笑いを嚙み殺した。

「何ですか、変な顔して」

「いや、別に……。っていうか雪也、もしかして芸能界とか詳しい？」

「詳しいわけじゃありませんが、仕事で色々関わったりもしますので。情報収集のためにゴシップ記事も一応読んではいますし」

真面目な顔で答える雪也。特に性癖を隠している様子はなさそうで、その点はやや安堵する。

「じゃあ芸能人に知り合いとかいんのか」

「芸能人というか……芸能事務所との付き合いはあるので、そこの社長とかなら」

「へえ、そっか。事務所の社長かぁ」

「桜庭ゆりがいるところのような大手じゃないですよ。まあ、そこそこの中堅というところです。社長は少し変わり者で、こちらを気に入ってくれてはいるので仕事はやりやすいんですが」

　中堅の芸能事務所。そして雪也を気に入っているらしい。仕事の繋がりもあるならば、多少の融通は利きそうだ。

　映はパンと手を叩いた。

「おっし。丁度いいし、それ使おう」

「は？　使うとは？」

「潜入調査ってやつ。何だよ、もう慣れただろ？」

　雪也は鳩が豆鉄砲を食ったような顔で言葉を詰まらせる。

「潜入……芸能界に、ですか」

「だってそうでもしなきゃ今回のネタ絶対内情摑めねぇじゃん。雪也の知り合いの社長に頼んでさ、いっちょあんたが俳優にでもなって……」

「ち、ちょっと待ってくださいよ。俺なんですか⁉」

「うん、そうだよ」

　あっさり頷くと、雪也は面白いように動揺し慌てて小刻みに頭を振る。

「いやいや、無理です。そんな、絶対俳優とかできませんし」

「大丈夫だって。どうせ駆け出し設定なんだから脇役以下のモブとかだもん。それに今までだって先生とかリーマンとか演技してきたじゃん」

「あんなの演技って言うんですかね……」

雪也は苦々しげに笑う。

これまで潜入や尾行などで色々な格好に扮してきたので、自然とその場に馴染むのには慣れてきたはずである。エキストラを務めるくらいならば、恐らく問題ないだろう。

「しかし、どう考えても、芸能界向きなのは映さんの方だと思うんですが」

「だって、俺結構前とはいえ色々受賞とかで取材されたりもしたし、多少顔が知られてるもん。親父のパーティーに芸能人とか来たりしてたし。何かの拍子にバレて騒がれたら嫌だし」

「でも、俺じゃいくら何でもデビューというには薹が立ち過ぎてませんか」

「んー……海外で下積みしてたってことでいいんじゃない？　ほら、そういうのあるじゃん。最近よく言う逆輸入的な」

「あなたそういうのだけ知ってるんですね」

雪也は呆れた顔で肩を落とす。

「まあ……でも、映さんの言う通り、今回は潜入調査が手っ取り早そうです。まさか探偵が潜り込んで俳優までやるとは思われないでしょうし」

「うん、そうしようそうしよう！　俺は付き人ってことで」

「随分華やかな付き人がいるもんですね」

「芸名どうしようか！　あ、何かすげーワクワクしてきた」

「如月雪也でいいじゃないですか。すでに芸名みたいなものですから。というか、それは社長が決めることですよ……ああ、不安過ぎる」

　思わぬ展開に動揺して雪也は頭を抱えている。

　雪也は映の方が芸能界に向いていると言ったが、雪也とて一般人の中にいればひどく目立つ。香苗が言っていたこともお世辞ばかりではないだろう。

　何しろ、そこらの俳優より顔がいいし、体格がいい。上背もある。何より、醸し出す雰囲気がすでに人を誑かすものでしかない。

（俺のフェロモンどうのこうの言うけど、あんただって立派なもんだよ。香苗さんだって、意識しないようにしてただろうけど、やっぱ雪也ばっか見てたもんなぁ）

　映のフェロモンは男限定である。女性を惹きつけるのは何といっても雪也の方だ。そして、俳優ならば同性よりも異性を惹きつけてナンボだろう。

「まずは社長に事情を話して、桜庭ゆりと接触できる仕事を組んでもらおう。色々と活躍してるみたいだから、そのうちのどれかには潜り込めるだろ」

「さあ……さすがに俺は現場の仕組みはよくわかりませんから。確かに可能だとは思いますが、どうなるか……」

ここまで話を進めても、まだ雪也は浮かぬ顔をしている。よほど俳優業が不安なのかと思えば、「あの社長、喜ぶだろうな……」と呟いて項垂れている。

その意味は実際にその中堅芸能事務所社長に会ったとき、一瞬で判明することになるのだった。

＊＊＊

早速翌日、話をつけた雪也の案内で、赤坂にある芸能事務所『ステラスターズ』を訪れた。

中堅だというがかなり立派なオフィスビルだ。エントランスを入ってすぐの受付嬢に雪也が名前を告げると、「お待ちしておりました」とすぐに社長室へ案内される。

「ここに来るのは……二年ぶりですかね。いつも外で会うことが多いので」

「会ったのがそんくらいなの？」

「いえ、知り合ったのはもっと前です。結構長い付き合いですよ。七、八年にはなります」

受付嬢が社長室のドアをノックし、失礼しますと言って開け、映たちを中へ通す。

ホワイトとゴールドで統一された眩い部屋の奥に、一見雪也の実家の系列の方かと思うような、サングラスをかけ口ひげを生やし、ひっつめた髪を結んできらめくベージュのスーツを纏った、あまりに特徴的な中肉中背の中年男性が優雅に佇んでいる。

「話は聞いてるわよ、龍ちゃん」

こちらが挨拶をする前に、男は両手を広げながら満面の笑みで捲し立てる。

「やっと……やっとやる気になってくれたのね！　あたしずっと言ってたじゃないの！　龍ちゃんには光るものがある！　絶対にここで成功することができるわ、って！」

「ちょっとちょっと、話は聞いてるって全然聞いてないじゃないですか！」

怒濤の勢いで語り始める男を慌てて制し、雪也は嚙んで含めるように言い聞かせる。

「ちゃんとお伝えしましたよね？　いいですか、これは潜入調査です。俺が本当に俳優になるってわけじゃないんですよ」

「あら、そうだったかしら」

明らかに意図的にすっとぼけている。

濃い。濃過ぎる。人のことは言えないが、雪也の周りにはなぜこうも濃いキャラが多いのか。

「えーと……とりあえずご紹介します。映さん、この方がステラスターズ社長のヒロ・ユキムラ氏です」

「どうも、初めまして。この度はお世話になります。私はこういう者で……」

ようやく紹介の段階に入り、映は懐から名刺を取り出す。

するとそれを受け取りろくに見ないうちに社長はずずいと映に詰め寄り、頭の天辺から足の先まで、舐めるように観察する。

「まあ！　まあまあまあ、このプリプリプリプリティな方が龍ちゃんのお友達なのね！　まあ！　探偵事務所所長！　こんなに可愛い子が隅々まで事件を探ってしまうのね‼　いいわいいわ、龍ちゃんと一緒にデビューしましょう！　そのまんま探偵ものでイケるわ！　ヒット間違いなしよ‼」

「……ヒロさん、本当に俺が説明したこと何も聞いてなかったんですね……」

昨日雪也が気が重そうにしていた理由がようやくわかった。この社長とまともに話をし続けるのはなかなか骨が折れそうだ。

興奮状態のヒロ社長を宥めた後、雪也が再度今回の目的とその方法を丁寧に説明する。

ヒロ社長はふんふんと頷きながら、一応理解した様子でため息をつく。

「あなたたちが本当にうちからデビューしたいっていうんじゃないのが残念だけど……でも探偵の調査に協力できるなんて面白そうじゃない！」

「ありがとうございます。本当に助かります」

「でも、桜庭ゆりがなぜ売れているのか知りたいんだったかしら？　それなら簡単よ。業界じゃ有名だもの」

「え……、そうなんですか」

「ええ。相当凄腕のマネージャーがついてるのよ」

映と雪也は顔を見合わせる。当然といえば当然なのかもしれないが、マネージャーの腕がそんなにも影響するのだろうか。

「凄腕っていうのは、たくさん仕事を取ってこられる、ということですか」

「そうなの！　本当にどんなに大きいお仕事でもものにしちゃうのよ。ちょっとびっくりするくらい。大体トップダウンよね、配役を決めるいちばん大きい権限を持った人を籠絡してるんじゃないかって話だけど……本当にねぇ、どんな手段を使ってるのかあたしもすごく興味があるわ」

「それじゃ、そのマネージャーが仕事を取ってくる方法は誰も知らないということでしょうか」

「そうなのよねぇ……あんまりすごいから、どこの事務所も欲しがってるわよ。桜庭ゆりじゃなくて、そのマネージャーをね。川越さんっていうんだけど。だってね、正直、芸能界の仕事って事務所の力なのよ。でもあの人はそういうの関係ないもの。一人のマネージャーが事務所より力持つってあり得ないわ」

「でも、そもそも桜庭ゆりのいる事務所は大手でしたよね。事務所の力ではないんですか」

「逆なのよ。川越さんが入ってからセントプロは大きくなったの。当たり前よ、彼、いい仕事どんどこ取ってくるんだもの。そりゃどこも欲しいわよぉ」

どうやらマネージャーの手腕で事務所は急成長したらしい。どんな素材でも彼の手にかかれば間違いなく売れっ子になるのだろう。それはどの会社も欲しがるはずだ。

桜庭ゆりのマネージャー川越が有名なことはわかったが、どうやっているのかは誰も知らないらしい。そこを探ることが肝要だろう。

(ただのマネージャーじゃねぇのか？　実はすんげぇ大物の息子とか？　とんでもない秘密を握ってるとか？　いや、どっちも何だか不自然だよな……大物の息子がマネージャーやるわけねぇし。トップの秘密いちいち知ってんの有り得ねぇし。一体どうやって仕事も ぎ取ってんだ？)

思わず考え込む映にヒロ社長がにじり寄る。

「ねえ、映ちゃん。あなた本当に付き人役しかやらないの？」

「え？　ええ。そうでないと、彼と一緒に行動できませんし……」

数分前に出会ったばかりですでに映ちゃん呼びである。色々と色物過ぎてそんなことも些細(ささい)なことのようにしか感じないのが恐ろしい。麻痺(まひ)してきているのを感じる。

「そぉ……。つくづくもったいないわぁ。この調査が終わる頃気が変わっていたら言ってちょうだい。二人で売れることは保証するわよ！」

「いや、そんなに簡単な世界じゃないことはわかってますよ」

「大丈夫よ、あたしが太鼓判押すわ！　川越さんほどじゃないけど、これまで何人もの将来性を見抜いて育ててきたあたしよ。この目に狂いはないわ！」

サングラスの奥のつぶらな瞳がギラリと光る。

このまま見つめ合っているといつの間にかデビューさせられてしまいそうで、映は慌てて目をそらした。芸能界とは何とも恐ろしいところである。

＊＊＊

ヒロ社長のお陰ですんなりと話は進み、俳優『如月雪也』としての初仕事はすぐに決まった。

結局芸名も雪也のままだ。一応予め考えてあったとその名を告げると、「あら、いいわそれ！　冷たい眼差しが魅力の龍ちゃんにぴったりだわ！　二月の雪……好き！　いいわ！　抱き締めて!!」と雪也ににじり寄り、小手先の攻防戦が繰り広げられていた。

「ヒロさん、あんなだけどオカマとかじゃねぇんだよな」

「やっぱりわかりますか」

「そりゃ、まあ一応」

ゲイには同類がわかるとよく言われるが、それは単なる感覚でしかない。ただ女言葉を使っているだけの男はわかる。彼らにはマイノリティが背負っている『陰』がない。

「あの人は奥さんも子どももいますし、かなりの愛妻家です。ただ芸能界が大好きでめちゃくちゃ仕事人間なんですよ。人間はここで生きられるかどうかという目でしか見られないと以前言ってましたし」

「うん、そうなんだろうなぁ。あの人、普通の男だと思うけど、俺のフェロモンでどうこうならないタイプだ。そういうのはわかる」

見つめられて迫られても、性的な気配は一切感じない。しかし妙な危機感を覚えさせられるというある意味特殊な人間だ。

雪也の初仕事は刑事ドラマのエキストラである。「まあ最初はどんなところか様子を見てちょうだい」と行かされた現場で、ここに桜庭ゆりはいない。

確かに何もわからず最初から彼女の側(そば)に放り込まれて失敗をしてしまうよりは、少しはこういう場所に慣れておくべきである。とはいえ、同じ業界のことなので、桜庭ゆりのことは誰かから聞けるかもしれない。

映は大きなメガネをかけ、ハンチングをかぶってなるべくモッサリした格好をして、多くのスタッフに紛れて現場を見つめている。

ドラマは主役の今売り出し中のアイドルと中年のベテラン俳優演ずる、よくある二人でタッグを組んで事件を解決していくというものである。

雪也は同じ刑事課で立ち働く刑事の一人で、台詞はないとはいっても顔は出る。万が一にも知り合いにバレてしまわないよう、あまり顔面を晒さないよう微妙に横を向いて大人しくしていると、ふいにディレクターから声がかかった。

「あの、ちょっといい？　そこの君」

見守っていた映は内心跳び上がる。もしや何か気づかれたか。

雪也は少しして自分のことだと気づき、手招きに応じてディレクターの方に歩み寄る。キャップをかぶった中年の男は苦笑いして声を潜め話しかける。

「あのさ、悪いんだけどもう少し後ろの方に引いてくれるかな……ちょっと目立ち過ぎちゃって」

「え？　あ、すみません、何か変なことしましたか」

「違う違う」

ディレクターはますます声を小さくして囁く。

「君、正直主役の彼よりカッコイイから、絵的にちょっとね……今事務所の人からNG出ちゃって……ごめんね」

チラと後ろの方を見ると、いかにもやり手といった感じのマネージャーがむすっとした顔で腕組みをしている。

そういう話なら問題ない。雪也は頷き、指示通り遠くの方で背中を向けた。その方があまり露出したくないこちらとしても助かるというものだ。

映がホッとして引き続き観察していると、横にいたスタッフが話しかけてくる。

「彼、いいねぇ、初めて見るよ。あんなに目立つ人なら絶対前に見たら覚えてるもん」

「あ……、はい、実は日本では初めて出させていただくので」

「ああ、そうなんだ？　やっぱりね！　どこかで俳優やってた？」

「イギリスで舞台に出てました。それを、社長にスカウトされて……」

決めてある設定をそのまま口にする。イギリスで演技を学ぶ者は多いが、日本の芸能界では稀である。本当っぽいが実際に知っている人はあまりいない、という場所を選んだ。

「すごいなぁ、本格的じゃん」

「いえ、端役ばかりでしたから……別に仕事もしていて、丁度日本に戻ろうかという時期だったので」

エキストラは多い。ほとんど素人でもできるものだ。しかし主役のマネージャーが文句をつけた通り、雪也は妙に目立つ。何となくそちらに目が行ってしまうというのは、映の欲目ではなく皆がそうだったらしい。

（やっぱ目立っちゃうよなぁ……顔も体もいいんだけど、何だろ、雰囲気っつーかオーラっつーか……危険な香りがするんだよな）

これは育ちというべきなのだろうか。普通にしていても雪也からは何かしらの危うさが漂う。映が散々言われるフェロモンとはまた違った、普通ではない世界の気配を無意識のうちに滲ませてしまうのだろう。もちろんその世界の男たち皆がそうではないはずだが、雪也の空気は妙に人を惹きつける。

「疲れたぁ、何か今日ダルいわ」

演技するシーンを終えて戻ってきた俳優が、映と話していたスタッフに話しかける。映も何度かテレビで見たことがある有名俳優だ。名前は忘れたが。

「剣（けん）、お疲れ。何、まさか風邪？　勘弁してよ」

「大丈夫だって。昨夜ねだられてちょっと寝不足ってだけ。茉由花（まゆか）の奴（やつ）、付き合い始めたらしつこくってさ……、っと」

隣にいる映に気づき、口をつぐむ。一応スキャンダルを気にしているらしい。

剣——確か佐々木（ささき）剣という名前だ。映はようやく思い出した。今をときめくイケメン若手俳優である。

なるほど、顔貌（がんぼう）は綺麗に整っている。流行（はや）りの甘い塩顔になかなかの体格。何より華がある。あと十年ほど若くして身長も縮ませれば最高の美少年だろうと妄想する。

今回のドラマでは主人公たちのライバルの刑事役だが、こちらの方が人気が出そうだ。脇役に味がある作品の方が面白いと言われるのは、あらゆる分野で共通だろう。

「あー、今のオフレコな？　わかってるだろうけど」

剣は傲岸（ごうがん）な上から目線で映をチラと見る。オフレコと言われてもそもそも相手の名前も知らない、などとこの場で言うわけにもいかず、はいと素直に頷いてみせる。

　ふと剣は映をまじまじと見て首を傾げた。

「……あんた、俺とどっかで会ったことある？」

「いえ……初めてだと思います」

「そう？　……あんたって素人？　まさか企画でどっかのタレントが化けてるとかじゃねぇよな」

　なぜかやたらに映の素性を気にする。モサい外見を心がけ過ぎて却（かえ）って怪しくなっただろうか。それともかつて本当にどこかで会ったことがあるのか。

　二十代前半の剣とは父の繋がりで会ったこともないだろうし、他の機会に芸能人と出会うこともそうそうなかったはずで、色々と記憶を探ったがわからない。

「えっと、僕はただの付き人です。今エキストラとしてあそこにいる彼の」

　何やら因縁（いんねん）をつけられても困るので、映はその他大勢の中に紛れている雪也を指差す。

　するとますます剣は妙な顔をする。

「エキストラに付き人ぉ……？」

「剣、さっき聞いたんだけど、あの人今までイギリスで舞台やってたんだって。今回初めて日本で出るらしいよ。これからライバルになるかもな！」

スタッフが雪也を指差すと、剣はしげしげと観察して鼻を鳴らす。

「何だよ……おっさんじゃん。今更日本でデビューかよ」

「お世話になります」

あまり嫌われてもやりにくくなる。映は売れっ子俳優である剣に深々と頭を下げたが、相手は絡むのをやめようとしない。

「それよか、あんたの方が売れそう。そう言われなかった？　社長にさ。そんな変装みてぇな格好で誤魔化してるけど、あんた相当上玉じゃん」

「い、いえ、そんな、僕なんか……」

気がつけば随分近くに剣の顔がある。それどころかいつの間にか顎クイまでされている。

「俺が口利いてやろうか、社長にさ。今回のエキストラ、ステラスターズだろ。それよりもっと大手であんたデビューできるかもよ。俺の言うこと聞くんならな」

「えっ。あ、あの……大丈夫です、永遠に付き人で満足です！」

あわよくば桜庭ゆりの情報でも引き出そうかと思ったが、突然の直球ぶりにそれどころではなくなった。

映は慌てて咳き込むふりをして「失礼」とその場からトンズラする。男子トイレに逃げ込み、メガネとハンチングを外して大きくため息をついた。

（やべ〜〜。何だあの俳優。ビビったわ……）

まさか俳優という人種があんな俺様ばかりではないだろうが、初対面にもかかわらず突然迫られたのには驚いた。無論、映もそういった経験がないわけではないが、ここは美男美女の集う芸能界。自分のフェロモンもここではさほど特殊ではないだろうと予想していたが、もしや甘かったのだろうか。

動揺した心を鎮め戻ろうとすると、丁度撮影の区切りがついたのか、役者たちがどやどやとトイレに入ってくる。

するとその中の一人が映に気づき、あ、と声を上げる。

「さっきの人だ」

「へ？」

「剣さんに迫られてたじゃん」

「えー、マジで」

どうやら見られていたらしい。佐々木剣は今回のキャストの中でも目立つので当然かもしれないが、またも厄介な展開になりそうで狼狽える。

「あの人そっち？」

「まさか！　こないだのドラマで共演した女優と付き合ってるはずだけど」

「からかったんでしょ。新入り？」

「あの、僕、ただの付き人で……」

顔を見合わせる面々。かと思ったらぐいぐいと近寄られ、トイレの隅に追い詰められる。

「え。え。あの、何ですか」

「本当にただの付き人？」

「嘘だろ。顔綺麗過ぎ。骨格一般人じゃねぇじゃん」

「何か雰囲気あるしさ……剣さんが迫りたくなったのわかるし」

何やらまたもや不穏な雰囲気だ。迫ってくる面々の表情が半笑いながらも妙に真剣で怖い。

一難去ってまた一難。

（な、何でこう立て続けに面倒なことになるんだよー⁉）

映はパニック寸前で心の中で叫ぶ。

かつてこんなにも早い段階でトラブルが訪れたことがあっただろうか。否。

（もしかして芸能界『だから』なのか……⁉　どういう法則かわかんねぇけど、もしこの業界で俺の体質が悪さするとしたらヤバいかも……）

今回俳優ではなく付き人として現場の端っこに立っていただけなのに、周りから何かがやってくる。これを利用して調査をすればいいのかもしれないが、目立たないという潜入調査の鉄則を破っている時点で危うい。芸能界は広いようで狭いのだ。探っていることが対象にバレるのがいちばんまずい。というか調査でなくとも、男子トイレで複数の役者になぜか囲まれているというこの状況がヤバい。

「あの、僕、そろそろ戻らないと。仕事がありますんで」

「なになに、何でそんな慌ててんの」

「お前、名前何ていうの？　もしかしてまだ十代じゃねえ？　俺らが色々業界のこと教えてやるよ」

「そうそう、俺なんて実は子役からここにいるからね。多いんだわ、子役時代結構仕事あっても、成長したら埋もれて脇役しか貰(もら)えねぇの」

「ばぁか、そんな奴の言うこと参考になるかよ。この子付き人とか言ってるけど絶対違うし。どっかの社長の秘蔵(ひぞ)っ子(こ)とかじゃん？　ご縁作っとこうかなぁ……色々と」

　まずい。何かキメているのではないかと思うほど男たちは妙に興奮している。いや、わかっている。キマっているのは映のフェロモンだ。さすがにこの状況ではそれを自覚せざるを得ない。

　不穏な空気はますます濃厚になり、これは渾身(こんしん)のタックルでもかまして脱出するしかないかと思い始めたそのとき。

「映さん。何してるんですか」

まるで鈍重に見えた鉄の扉が軽やかに開いたかのような呆気なさで、トイレのドアが開かれた。

役者たちはハッと我に返って一斉に振り向く。そこに立っているのは微笑を浮かべているようで無表情の雪也である。

「おや……？　どうしましたか。何か揉め事でも？」

「あ……、いや」

「お、おい、さっさと行こうぜ」

まるで映を囲んでいじめているような図だったことに気づいたか、または自分たちが何をしようとしていたのか、その異常性に狼狽えたか、彼らは蜘蛛の子を散らすようにトイレから出ていった。

映はホッとして深々とため息をつく。

「はぁ……。た、助かった……」

「映さん……早速あんなに大量に釣り上げたんですか……」

呆れたような雪也の調子に映は泣きそうな声で反論する。

「俺は！　ただトイレに来ただけなんだよ！　その前に何か俳優の男に迫られて、ここに逃げ込んだら、あいつらが偶然入ってきて……！」

「ええ、そうでしょうね。いや、あなたの体質はもちろん熟知していたつもりでしたが、今回のスピードはちょっとおかしくないですか」

「俺もそう思うよ……」

とにかくここを出ましょう、と雪也は脱力している映をトイレから引っ張り出す。

「しかし、参りましたね。お互い初現場で早々に少し顔が売れてしまったようです。これが吉と出るか凶と出るかわかりませんが……」

「ああ……あんた、エキストラのくせに目立ち過ぎだからって立ち位置変えさせられてたもんな……」

「あの後も何だか周りにネチネチやられましたよ。そりゃ初めて見る顔がいきなりああじゃ、面白くない連中も多いでしょうね」

「素人に負ける自分らが悪いんじゃねぇか」

確かに雪也はぽっと出というには妙に目立つ空気感があり、視線を奪ってしまうので脇役には適さない。本当に才能のある俳優ならば、いわゆるそういった『華』も演技で消すことができるのだろうけれど、そこは残念ながらズブの素人なのである。

さすがにヒロ社長がずっと前から目をつけていただけあって、雪也のこの世界でのポテンシャルは相当なものなのだろう。そしてひと目見ただけでガンガンに営業された映にもその要素はあるようだ。

　彼の持つ目の正しさは、幸か不幸か初っ端から証明されてしまったらしい。

「あなたは男を惹きつけ、俺は男を反発させる。女にはその反対ですね。その傾向がここではより強く出るようです」

「何で？　俺もそれ考えてた。逆だと思ってたのにさ。だってここ芸能界だろ？　皆フェロモンだの何だの、慣れてるはずなんじゃねぇのかよ」

「俺もそう思ったんですけどね」

　雪也は映を控え室に引っ張り込み、ドアを閉めた。そして映を鏡の前に立たせ、ためつすがめつ観察する。

「何でしょう、あなたの風貌はある程度誤魔化せたと思ったんですが……『魅力』……やはりフェロモンに特化した世界だからなのかな……それゆえに、フェロモンが強い人間により敏感なのかもしれません」

「いや、マジで何かおかしい。俺、いつも以上に目立たねぇようにしてたのに。全然動いてねぇし、自分からは一言も喋ってねぇんだぞ。それがこんな……」

　ふと、映はキョロキョロと辺りを見回す。

　立て続けに迫られた混乱でただ雪也に引っ張られるままにここに入ったが、見たことのある部屋だ。つい数時間ほど前に。

「ていうか、ここ、最初に入った控え室じゃん。何で戻ってきたの」

「ここがゆっくりできるかと思いまして。次の収録まで少し間が空くようですので。もう少し現場も見ておきたいですし……外で話していると誰に聞かれるかわかりませんから」

エキストラには通常個別の控え室など与えられない。あっても大部屋で大人数がまとめて入ることが多い。けれど今回特殊な事情もあり、ヒロ社長が特別に手配してくれた部屋があった。

まさか彼がこうなる状況を見越していたとまでは考えられないが、結果的には正解だ。大部屋などで万が一映が一人きりで残される展開にでもなれば、事件発生である。

「そういえば、最初俳優に迫られたって言ってましたけど」

「ああ……ライバルの刑事役いるじゃん。佐々木剣って奴。あいつ」

「それはまた……大物を引っかけましたね」

「引っかけたんじゃねぇ、絡まれたの！」

ふと雪也は思い出したように首を傾げる。

「そういえば、彼は次のシーンでちょっと様子がおかしかったですね」

「へえ……どんな風に」

「何だか苛立っているようでしたよ。あれはきっとあなたに逃げられたからなんでしょうね」

「あの佐々木剣って奴、女ったらしなの」

「どうでしょう。ゴシップではそこそこ遊んでいるようですが、初対面の素人を引っかけようとするほど見境がないわけではないと思いますよ」

確かに、不用意に口走りかけた交際関係を人には聞かれまいと気をつけているようではあった。しかしそのすぐ後に映をいいようにしようとしたので、警戒心が強いのか手当たり次第なのか何が何だかわからない。

「何つってたかな、相手の女の名前忘れたけど……トイレにいた奴らの話だと、ついこの前共演した女優と付き合ってるみたいな感じだった」

「ああ、やっぱりそうなんですか。すでにそういう話はどこかでも出てましたよ。週刊誌だの何だののゴシップ記事なんて眉唾だと思ってましたが、案外当たってるものも多いんですかね」

「たまたまだろ……まあ、俺ですら知ってる俳優だし、そういう奴にはずっとひっついてる記者がいるんだろうな」

私生活までも見張られる不愉快さは察するに余りある。いつ隠し撮りされるかわからないので、恋人がいたとしても迂闊にデートもできない。手だって繋げないだろう。

そのとき、控え室の外が何やらざわついているのが聞こえてきた。雪也と顔を見合わせ、そっとドアの近くに寄って聞き耳を立ててみると、件の佐々木剣のようだ。相手は映が最初に話していたスタッフだろうか。親しげな様子からして彼が剣のマネージャーなのかもしれない。

『だからぁ……あの付き人とかいうのが誰かって聞いてんじゃん』

モロに話題になっていると知って映の体が無意識に跳ねる。それを後ろからがっちりと抱き締めながら、雪也は「相当気になってますね」と苦笑いする。

『絶対素人じゃねぇ。わかるだろ、普通あんなのがいたら誰かが必ず声かけてっから。スタッフの中にいたもんだから目立つ目立つ、誰だって気になるよ』

『知らないよ、俺だって今日初めて見たんだもん。あのエキストラの役者が最近帰国したばっかりなら、あの付き人だってそうなんじゃないの』

『そういや、エキストラなのに付き人ってのが妙だと思ったんだよなぁ……待てよ、イギリス？　あれじゃねぇの、付き人兼パートナーってやつじゃねぇの。あっちって多いらしいじゃん。母親とか嫁が手綱握ってるみてぇにさ、あの可愛いのが側にいて何でも管理してるとか』

まさかイギリスにいたという設定をそんな方向に解釈されるとは。しかし実際間違っていないので肝が冷える。もっと違う国にしておいた方がよかっただろうか。いや、演技を学べそうな国ならばどこにしろ『あっちって多いらしいじゃん』になってしまう。

『仮にそうだとして、お前に何の関係があるんだ。剣、今日はおかしいぞ。どうしちまったんだよ。後半、演技に入り込めてなかったぞ。台詞は頭に入ってるはずだろ』

『だからぁ……あの子のことが気になってんだよ。ムカムカする……どうにかして名前とか色々知りてぇんだよ』

何だか不穏な空気になってきた。何も怒らせるようなことはしていないはずだが、今度見つかったらぶん殴られそうなくらいの気迫である。

『わかった、わかったから。そんなもん相手の事務所に聞けば一発だよ。後で聞いとくから』

『今すぐやってよ！　俺の今後の演技に関わるんだからさ、マネージャーとしてきちんと俺の世話してよ』

『はいはい……ったく、剣は何かひとつ気になるとこうだからな……エキストラの付き人のくせに余計な仕事増やしてくれるよ』

二人は何だかんだと言い合いながら控え室の前を通り過ぎてゆく。

映はようやく体の力を抜いたが、後ろから抱き締めている雪也の拘束は変わらない。

「おいどうする、事務所に聞くとか言ってる……」

「ここで変に隠すとますますおかしなことになります。社長もそこはわかっていますし、教えるでしょうね」

「そしたら今後雪也が出る予定のとことか把握されるよな……はあ。こうなったらあいつ使って桜庭ゆりの情報引き出すか……」

思いついたことを呟くと、急に雪也の腕の締めつけがきつくなり、息が苦しくなる。

「お、おい、何だよ雪也、苦しい……」

「映さん……ハニートラップでもする気ですか」

「へ？」

あ、ヤバい。そう思ったときにはもう遅かった。

「あ、あー……違うって、別に誘惑するとかじゃなくて……っていうかこっちが何もしなくたってあっちが勝手に引っかかってるんだから、そこ使って……」

「同じことじゃないですか」

「い、いや、だから、俺は誘惑しねぇっつってんの！　ただ、ちょっと何か聞けば喋ってくれそうじゃん」

「その代償にあなたは何を要求されると思っているんですか」

猫の子を摑むように抱き上げられて、ソファに落とされ、のしかかられる。

「あれだけあなたに執着しているんです。簡単に想像つくでしょう」

「いやいや、あいつスキャンダル気にしてたし、そう簡単には……」

「男はものにしたいと思ったらもう関係ないんですよ。その瞬間にはすべての損得勘定が頭から消えてます。あなただって一応男なんだからわかるでしょうが」

それは確かにそうかもしれない。男は一度その状態になったら遂行するまで止まれない。けれどそんなシチュエーションになどなるだろうか。大勢のいる場であれば問題ないと思ったのだが、雪也はそうは思わないようだ。

「二度とそんな考えを起こさないように、ちょっとお仕置きしないといけませんかね……」

「は……？　え、まさかここで」

「たとえばあの男があなたをどんな風に扱うか、俺にはよくわかるんで教えて差し上げますよ」

そう言うやいなや、服の下に手を突っ込んでくる。雪也が本気でやる気だとわかって映は焦った。

「や、やめろって……！　ここじゃマジで……」

「そう、そうやって嫌がるあなたを無理やり自分の控え室に連れ込むんです。力じゃ余裕で勝てるでしょうし」

僅かな抵抗も、文字通り赤子の手をひねるように封じ込まれてしまう。

雪也は愛撫もクソもない性急な手つきでデニムを下着ごと引き剝がし、体をひっくり返して尻にローションをぶちまける。

「お、おい、ほんとにまずいって、あ、ち、ちょっと、雪也っ」

「もうこうなったらどうにもなりませんよ。あの男はあなたのフェロモンでおかしくなっていて興奮状態ですから、もうすぐにでも犯したいと思っているでしょうね……あなたのここは淫乱ですし、少し解すだけですぐに柔らかくなる。ゆっくりやるなら解さなくてもいいくらいです。締めつける動きに頭に血が上ってもう入れることしか考えられなくなるはずです」

すぐ柔らかくなるのは毎日雪也にのしかかられているからで、昨夜も長々と泣かされていたので悲しいかな準備はすぐに整ってしまう。

自分のせいでもあるのにさも映の淫乱さがすべての罪のように言われて泣きたくなった。まあ半分以上はその通りなのだが。

「それにあなたは誰に犯されても結局気持ちよくなってしまうでしょうから……まるで合意の上のようになってしまうでしょうね」

「そ、そんなことねぇしっ……あんたが俺の体知り尽くしてるってだけじゃん……！」

雪也の指は的確に映の感じる場所を探り当ててしまう。体はすっかり雪也に慣らされていて、その感覚を受けるだけで全身にスイッチが入る。

「ほら……甘い匂いがしてきた。あなたが感じている証拠です」

「だからっ、それは、雪也だから、……っ」

油断すれば高い喘ぎ声が出てしまいそうになる。必死で唇を噛み、ソファに顔を押しつける。

こちらが懸命にこらえているのを嘲笑うかのように、雪也は慣れた動きで大きなものを捻じ入れてくる。

「ふっ……、ぅ、く……っ」

「ああ……そんなに嬉しそうに絡みついたら、喜んでいると思われますよ……犯されて喜んでいる……こいつは俺のことが好きなんだ、って」

ローションのぐちゅりと粘ついた音が響く。ソファの軋みや衣擦れ、息遣いをドアの外にいる誰かに聞かれてしまわないかと不安で仕方がない。

廊下では盛んに人が行き来し、談笑している声や打ち合わせをしている様子が微かに聞こえてくる。普通の会話の音量でも聞こえるのだから、大きな喘ぎ声でも出そうものなら一発でバレてしまうだろう。

それでもずっぽりと奥まで入れられてしまえば、頭の芯がジンと痺れるように霞んで、理性が薄くなってゆく。声を出してはいけないとこらえるほど、妙な快感物質が分泌されるように全身が熱くなってじんわりと甘い感覚がつま先まで広がってゆく。

「はぁ、は……、う、ふ……、くぅ、は、あ、んぅ」

「あなたは嫌がっているのに巧みに男を締めつける……男の理性を蕩かす甘い匂いをさせて……こんな体を知ったら、もう男はだめですよ。手放せなくなる。一度でも味わってしまえばおしまいです。あの男はあなたの魔性を怖がって逃げ出すこともしないはずだ」

背中から低い声で囁かれ、一層体中が雪也を感じて高みへ上ってしまう。仕事中なのに。撮影現場の控え室なのに。部屋の外では多くの関係者が行き交っているのに。無理やり抱かれているのに。

「はっ、はぁっ、あ、は、あ、ぁ」

「もう、すっかり……いつも通り、イってるじゃないですか……どんな状況だって、あなたはこうなってしまう……これでよくわかったでしょう？」

雪也の嘲り（あざけ）もまるで愛の言葉のようにしか聞こえない。

ゆっくりと打ちつけられる腰。敏感な粘膜を隅々まで掻き（か）分け（わ）、擦り、捲り（めく）上げ（あ）、腹の中をみっちりと満たす長大なペニス。粘膜の擦れ合うぐっちゅぐっちゅという露骨な水音。

（俺がこんなになっちまうの、あんただけなのに……あんたのコレと、慣れた動きと、あんたの匂いと、声と、体温と……どんな場所でも気持ちよくなっちまうの、あんただからなのに……）

今の状態の雪也には何を言っても伝わらない。いや、冷静になったときでも理解してくれないかもしれない。

「相変わらず綺麗な肌ですね……男のものとは思えない……」

腰を揺すりながら大きな手の平で映の肌をまさぐる。平らな胸を揉み、乳首を転がし、首筋に吸いつきながら荒い息で更に下半身を漲らせる。

「本当に、何もかもが男を誑かすために造られたような生き物ですよ、映さんは……まさか芸能界まで来て効き目が抜群だとは思いませんでしたが……ここにもあなたほどいやらしい生き物はいないでしょうね……」

「ん、く……、ぅ、ゆき、や……、は、ぁ」

嫉妬に駆られ憤っている雪也のものはいつも以上に反り返り大きく膨らみ、結果的に映を悦ばせる。限界まで拡げられた入り口。膨らんだ前立腺を絶えず押し潰す圧倒的な質量。ずんずんと最奥を押し上げるたとえようもない絶頂感。しこった乳頭を執拗に揉み転がしながら、ねっとりとした愛撫で映を追い詰めてゆく。

(はぁ、ヤバい……気持ちいい……何でこんな場所でこんなよくなっちまうんだよぉ……声上げてぇ、思いっ切りよがりてぇ……)

ギリギリ残っている理性で大声を上げないように自分を抑えながらも、立て続けにぐちゅぐちゅと奥を突かれると快楽に思考が支配されて何も考えられなくなる。恍惚として潤んだ瞳で甘い甘い官能にどっぷりと浸かりながら、オーガズムに酔い痴れ、膨らんだ前から間断なく先走りを垂らす。

「は、あ、あぁ、は、ひぁ、あ」

「いいですか?　映さん……気持ちいい?」

「い、いぃ……気持ちいい……は、あぁ」

「ほら、もうそんな風になって……本当に、困った人だ……」

雪也の動きが激しくなる。こらえ切れなくなり、ソファに顔を押しつけて呻く。

「あなた、なんて……俺以外じゃ、扱い切れない……俺以外の男じゃ、無理ですよ……あなたは俺のものだ……俺だけの……っ」

「んっ、ん、う、う、ふぅ、う、んぅっ……」

雪也は映をがっちりと抱き締め、最奥で射精した。映はビクビクと痙攣し、ソファを濡らした。

しばらく二人でゼイゼイ言いつつ興奮を鎮め、はたと我に返ってみれば、部屋はひどいことになっている。

「ソファ、革製でよかったですね……」

「そういう問題じゃない……」

雪也がせっせと映と部屋を清め、ぐったりしている映を抱き締めキスをする。

そういえば、雪也が俳優で映が付き人という設定なのだから、これは俳優の控え室で付き人が犯されたという、何ともドラマか漫画でありそうなシチュエーションなのかもしれない、などと考える。

「いいですか、映さん。あなたのフェロモンにイカレた男には近づかないこと。俺の目の届かない場所に行かないこと。そうでないと本当に洒落にならなくなりますから」

「わかってるよ……」

「絶対に自分への興味を利用して、桜庭ゆりのことを聞き出そうなんて思わないでくださいね。必ずこうなりますから」

実力行使しておいて、更にネチネチと言い含める執拗さ。雪也はよほどここでの調査が危険だと認識したようだ。

「もしかして、付き人って設定だからナメられたのかなぁ。俺やっぱり付き人じゃなくて俳優役やった方がよかったかな」

「は？　もっとだめですよ！　どれだけの人間にあなたの姿が晒されることになると思ってるんですか！」

猛烈な剣幕で否定されて「すみません」としか言えなくなる。ではどんな立ち位置でどんな振る舞いをしたら安全だというのか。

芸能界という特殊な世界。なぜか増大する映の体質。

今回の調査は、いつにも増して面倒なことになりそうな気配である。

凄腕マネージャー

「決まったわ！　早速次のお仕事は桜庭ゆりと一緒の現場よ！」

ヒロ社長がスキップしながら近寄ってきて、映と雪也の手を両手で交互に握り締める。

「本当ですか。ありがとうございます！」

「今あの子露出が多いから、一緒のお仕事を探すのはそんなに難しくなかったわ！　共演NGの相手もいないみたいだし。もちろん龍ちゃんは台詞のないモブよ！　前回とそんなに変わんないわね！」

仕事の早いヒロ社長に感激して一緒に喜んでいると、雪也が無表情で釘を刺してくる。

「あの、すみません。次の現場に佐々木剣はいますか」

「え？　ああ……うちにわざわざ龍ちゃんたちのこと聞いてきた件ね。安心して、彼はいないわ」

ヒロ社長は呑み込み顔で頷いた。

剣のマネージャーは実際にステラスターズの関係者に電話をしてきたのだ。雪也の予測通り、マスコミでもなく一応共演した相手であって、隠し立てするのもおかしいのでそのまま情報を与えた。俳優如月雪也とその付き人映のことである。

映は例によって名前だけそのままで、名字は以前学園潜入したときに名乗ったものと同じ『笹川』である。もちろん偽名で名刺も作ってある。

「一応、『如月雪也』がとてもいい役者なので気になって……って感じで聞いてきたんだけど、どう考えても興味があるのは映ちゃんの方って感じだったわね！」

「俺のこと、何て聞いてきたんですか」

「何か回りくどい調子だったみたいだけど、『如月さんの付き人という方がいたが、彼も役者ではないのか』って。これから先デビューさせる予定はあるのか、とか。一応ないって言っといたらしいけど」

「そ、そうですか。よかった」

何か妙なことをでっち上げられでもしたらどうしようと思っていたが、そこまで下衆ではなかったようだ。

ヒロ社長は肘でうりうりと映を小突いてくる。

「んもう、映ちゃんったらオーラがすご過ぎてあっという間に引っかけちゃったのね！」

「ち、違うんですよ……色々事情があって……」

「そうなんです、ヒロさん。この人はこの業界でも色々と目立ち過ぎるので、やっぱり俺が俳優役で正解でした。今後も彼は裏方として現場で調査をした方が動きやすいです」

いっそ映も俳優に、と言い出しそうなヒロ社長に先手を打つ形で雪也が断言する。ヒロ社長はわかりやすくしょんぼりしながら「そうねぇ」と肩を落とした。

「確かに注目され過ぎちゃうと本来の目的の調査がしにくくなりそうね。残念だけど映ちゃんはとりあえず付き人役のままがいいわね」

「ええ、そうしましょう。早速、次の仕事の詳細を教えてください」

雪也がてきぱきと段取りを決める。初っ端から方々で襲われかけるという失態を犯したので映の立場はすこぶる弱い。といっても控え室でことに及んだ雪也も決して褒められたものではないのだが。

「その凄腕のマネージャーは常に桜庭ゆりと行動をともにしているんですか？」

「ええ、そうよ、大体はね。プライベートは知らないけど、仕事のときはいつも一緒だと思うわ。大事な商品ですもの」

「複数のタレントを担当しているのではないんでしょうか」

「今はゆりだけだと思うわ。他にも担当していたら絶対仕事がかぶる日も出てくるもの。ゆりにずっと付き合っていたら他のタレントなんて面倒見られないわよ。それに、川越さんは特別なマネージャーなの。ゆりの前もそうだったわ」

「ゆりの前？　ゆりの前に担当していたときってことですか」

ええ、とヒロ社長は頷く。

「今は演技の勉強って名目でニューヨーク行っちゃってるけど、黒栖操って知ってる？」

「えっ……。彼女も川越さんが担当だったんですか！」

その名前は映も知っている。彗星のごとく現れ、あっという間に世間を席巻したかと思えば、突然アメリカに行ってしまった女優だ。

「あの子も最初はゴリ押しだ何だ言われてましたけど、だんだん持ち前の華が生きてきて本当に有名になりましたよね」

「そうなのよ。最後まで演技はヘタクソだったけど、最初はあんなにイモっぽかった操がどんどん磨かれて、最後はとっても綺麗になってたわよね。でもねぇ、本当は海外になんか行ってないって話よ」

「え……？　それはどういう……」

「何か表に出られなくなったわけでもあるんですか。精神的なものとか……」

「ビンゴよ、映ちゃん」

初めは妊娠でもしたのかと思ったが、このご時世デキ婚くらいありふれている。少子化も相まってさほど批難されない風潮もあり、そのくらいで嘘の理由をこしらえて表舞台から引かせる意味もないはずだ。

「そもそもあの子を有名にして欲しいって頼んだのは、セントプロにはどんな人間でも必ず有名にしてくれるマネージャーがいるって噂を聞きつけた操の親御さんだったのよね。有名企業の社長さんか何かで、大金積んででも鳴かず飛ばずだった娘をブレイクさせたかったみたい」

「それじゃ、大金を払えば誰でも、ってことですか」

「他にも色々利害が一致したんだと思うわ。詳しくは知らないけどね。でも、突然注目されるようになった操はその環境の急変とプレッシャーに心がついてこなくなっちゃったわけ。ネットの攻撃もすごかったしね」

「それで、こっそりどこかで治療してるってわけですか……」

「親御さんの希望みたいね。何かイメージが大事な商品でも扱ってんのかしらね。ま、これも噂に過ぎないのよ。ただ人気絶頂でいきなり海外留学って、ねえ？」

確かにそれは勘ぐる人も多いだろう。けれど、そんな疑わしい件でさえも、週刊誌はどこも突っ込んで取り沙汰(とざた)さなかった。ゴシップ記事をも封印する謎(なぞ)の力——一体そのマネージャーはどんな力を使っているというのか。

「しかし、川越って人は本当にすごいんですね……桜庭ゆりも、黒栖操も。いきなり露出が増える人の陰には必ず彼がいそうです。ますます謎だなぁ」

「それを次のお仕事で確かめてきてちょうだいよ！　ああ、何だかあたしまでワクワクしてきちゃうわ！　業界じゃ皆知りたがってることだもの……きっと解明してちょうだいね！　龍ちゃん、映ちゃん！」

八木崎香苗(やぎさきかなえ)に依頼された案件だというのに、今やヒロ社長まで依頼人のように調査の結果を心待ちにしているようだ。

しかしそんな理不尽なまでの敏腕ならば、誰もがその理由を知りたいと思うはず。それでも未だに誰も知らないということは、かなり難易度が高そうな秘密である。

＊＊＊

次の撮影現場は山の中で、モブたちはロケバスに詰め込まれ、緑深い群馬の山奥にまとめて輸送された。

雪也に台詞はないが一応内容を頭に入れるため台本が配られている。

「何か流行りそうにないドラマですね……。山で自給自足の生活を営む少女が、村おこしのために奮闘する筋書きですが……」

「人気漫画が原作みたいだぞ。山料理レシピとかいうのも話題になってるらしい。最近そういうの多いよな。二・五次元もずっと人気だし、クロスメディアが流行ってんのかな」

山中に到着するとすでに色々と準備は始められており、スタッフたちに挨拶回りをしつつ、二人でコソコソと調査の段取りをする。

大体が村人役で、エキストラたちは農家や林業を営む設定のため、作業服を着ている。

雪也ももちろん薄緑色の上下揃いの作業服姿なのだが、そんなものを着て首に手ぬぐいを引っかけていても暴力的なほどにカッコイイ。

「雪也……また後ろ下がってくださいって言われそうだな」

「え。だめですか？　似合いません？」

「似合う似合う。まるで高級海外ブランドの新しいコレクションみたいに見えるわ」

今日も雪也はエキストラのくせにやたら目を引いてしまう。スタッフがチラチラと見ている気配を感じ、また何か面倒なことが起こるのではと、メガネにマスクにキャップという重装備の映はため息をついた。

そのとき、続々と到着するメインの俳優たちの中で、ひときわ大きな甲高い声で笑っている女優がやってきた。

役のために髪を黒くし、素朴な村娘の衣装に包まれた素朴な丸顔――桜庭ゆりである。農作業用の衣装が異様に似合う。山奥の村で生まれ育った田舎娘(いなかむすめ)そのもののオーラである。

（こうして見ると、本当にその辺にいる女の子だなぁ……こんな衣装着てるとますます……。クラスにも普通にいたなあって感じの容姿だわ）

ある意味懐かしさを感じさせる。芸能界という場所ではむしろこういった普通過ぎる普通な顔が貴重なのかもしれない。

ゆりはイケメン俳優たちに囲まれて楽しそうに笑っている。その声が山中に響いてもまるで気にしない。ゆりの砲撃のような爆音の笑い声で鳥が飛び立ち、たぬきが逃げ去り、猿は歯を剝き出して興奮する。

スタッフは多少苦笑いを浮かべる程度だが、慣れていないエキストラたちは何事かと注目する。しかしゆりは何にも頓着しない。まるで女王様だ。

そしてその後ろに影のように付き従う、猫背の男に視線が吸い寄せられる。

（あいつが……川越か）

何の証拠もないのに、どういうわけか確信する。

メガネでモサモサのくせっ毛の頭。上背があるのを恥じるように丸められた背に、サイズが微妙に合っていないグレーのスーツ。
いかにも冴えない出で立ちでありながら、映は彼が何か特別なものを持った人物だと直感した。そしてそれは隣にいる雪也も同じだったようだ。

「あの人……多分、件の人物ですよね」

「ああ。俺もそう思う」

男はヘコヘコと笑みを浮かべながらスタッフたちに挨拶をし、前を歩くゆりがふわりと落とした手ぬぐいを慌てて拾う。

「ゆりちゃん、ちょっとちょっと」

「えー？　なぁに、川越さん」

面倒そうに振り向くゆり。身長の低いゆりに視線を合わせるようにますます背を丸める川越。

「大切な小道具なんだから落としちゃだめでしょ。そのイノシシの刺繍の入った手ぬぐいが主人公のトレードマークなんだから」

「はいはい、わかってるよ。本当もう、うるさいなぁ」

ゆりは雑な手つきで川越から手ぬぐいを受け取る。仲が悪いということはなさそうだが、完全に川越を見下している態度だ。この男のお陰で自分はスターになれたという自覚がないのだろうか。

そのひと幕を思わず凝視してしまっている二人に、さっとゆりが視線を向ける。

そして彼女の目が雪也を捉えた瞬間、その顔には満面の笑みが広がった。

「こんにちはぁー！」

「……えっ」

突然挨拶をしてずんずんこちらへやってくる。周りにいたモブたちは恐れおののき後退りする。

雪也もまさか自分に挨拶したものとは思わず後ろを振り向いたが、そこには棒立ちになったエキストラ数人と山があるだけだ。

「ねえ、あなたって会うの初めてだよね？」

直接話しかけられて、逃げ場がなくなる。まさか調査対象自ら接近してくるとは予想外の展開だ。

迷ったのは一瞬だった。雪也は新人俳優になりきって、かしこまって頭を下げる。

「はい。新人なもので……よろしくお願いします」

「えーっ、そうなの！　全然そう見えないよぉ、落ち着いちゃってさ！　ダントツでカッコイイし……本当に新人？　ならさぁ、今度さ……」

「ゆりちゃーん、そろそろ出番ねー」

ずっと待っていたらしい監督が痺れを切らして声を上げる。

ゆりは表情をガラリと変えて小さく舌打ちしつつ、「じゃあまた後でねっ！」と雪也に最高の笑顔を送り、とうとう最後まで隣の映には一瞥もくれずに小走りに去っていった。

「……びっくりしたぁ」

「いきなり来ましたね……心臓に悪い……」

思わず二人は脱力する。何の心構えもしていなかったので、短い時間でよかった。

メイン俳優たちの撮影が始まり、スタッフやまだ出番のない俳優たちがそれを見守る。

ゆりの演技は相変わらずパッとしないが、さすがに場馴れはしてきたようで、余裕のある雰囲気だ。先程の笑い声もそうだったが、無駄に声量はあるので声が山の澄み渡った空気によく通る。

遠巻きに見ていると、猫背の男がすすっと静かに近寄ってきて、小声で話しかけてきた。

「すみませんね、うちのゆりが……」

「え？」

「あの、さっき……いきなり話しかけてしまって」

ゆりだけにでなく、新人設定の雪也に対しても腰が低い。思わずこちら側も猫背になってしまう。

「いえいえ、とんでもないです。あの……」

「あ、僕、こういう者です」

差し出された名刺には『川越隼』とある。わかってはいたが、やはり彼が噂の凄腕マネージャーだ。

（近くで見ても、ただの冴えない男なんだけどなぁ……）

しかし最初に見て感じたように、ただならぬ何かはある。だが、それが何かは映自身にも説明がつかない。

映は付き人として名刺を渡し、俳優雪也の紹介をした。設定通りイギリスにいて最近帰国したことを説明すると、川越は興味津々で訊ねてくる。

「へえ、イギリスで……。何年くらいですか」

「ヨーロッパを転々としてまして……。イギリスには五年くらいいました。他に本業がありまして、役者は正直趣味でやってたんです。けど、社長が僕を舞台で見て、気に入って連れてきてくれて」

「いやぁ、わかるなぁ。如月さん、絶対売れると思うもん。ゆりが声かける人、大体顔だけって人も多いんだけどね、如月さんは、こう、違うもんなぁ」

　お世辞なのか本心なのかわからないが雪也をべた褒めする川越。

　そして視線を映に移し、マスクにメガネにキャップというほとんど顔が見えない状態にもかかわらず、まるで透視するかのようにじっと覗き込んでくる。

「笹川さん、でしたよね。付き人ということは、あなたもいずれ俳優に？」

「あ、いえ……僕は本当に雪也さんの雑用係なだけです。イギリスの頃からそうですし。マネージャーでもないんで、呼び方に悩んで付き人って言ってるだけで」

「そうなんですか？　あなたも相当だと思うけどなぁ」

　これだけ顔を隠している相手に、一体何を言っているのか。思わず雪也と顔を見合わせるが、川越はしきりに首をひねりながら二人を交互に見つめる。

「いやね、如月さんもすごいですよ。僕もこの業界長いですが、あなたほど……の人はほぼ見ない。本当ですよ。で、笹川さんはもっとすごいんです。ヤバいなぁ、何だか宇宙人にでも会っちゃったような感じですよ。いや、本当に正直驚いてます」

「え……、はは、何ですか、それ……」

川越は言葉だけでなく本当に驚き興奮している様子で、「先天性かなぁ、後天性かなぁ」などとわけのわからないことを呟いている。

「いやしかし、笹川さんはこう……ご苦労も多いんじゃないですか。それだけのもの持ってると」

「ど、どういうことですか」

「普通に外歩けますか？　いや、今こうしてらっしゃるけど。なかなか大変だと思うんですよねぇ」

意味不明なことばかり言う川越に、さすがに気味が悪くなってくる。

確かに映は普通に外が歩けない、というか、トラブルが向こうからやってきて何かしらの珍事が起きる。雪也と出会ってからは徐々にフェロモンも強まり、先日のようなことも起きてしまう。

しかしそんな事情をこの川越が知っているはずもなく、なぜ世間話のような調子で言い当てていくのか不気味で仕方がない。

そのときゆりの出番が終わった。ハッとそれに気づき、「じゃあ、また今度」と川越はさっと離れていった。

残された二人は半ば呆然としてその後ろ姿を見守っている。

「なあ……どういうこと？」

「わかりません。彼は一体俺たちの何を知っているんでしょうか……」

「あれがあの人の仕事を取ってくる才能と繋がるのか……？」

まさか人の心が読めるとか、何かしらのそういった特殊能力でもあるのだろうか。そうでなければ適当に言ったことが当たっただけか。しかし、適当にあんな気味の悪いことを言うのは尚更おかしい。初対面なのである。普通の常識のある人物ならば到底できないことだ。

二人が混乱しているうちに、すぐに雪也たちエキストラの出番がやってくる。

そして例によって雪也は目立ち過ぎるという理由で、遠景のモブの役割を指示された。

「あれ？　なぁ、何かエキストラの数足りなくね？」

ふいに監督が訝しげに声を上げる。エキストラの人数に違和感を覚えたようだ。

「あ、すみません、一人盲腸とかで今朝いきなり来られなくなって」

「何それ！　代役は？」

「急なことでしたんで……台詞ないし、一人くらいいいかと思ったんですけど」

「なわけねぇだろ！　俺は想定した画が撮れないとめちゃくちゃムズムズすんだよ！」

何やら細かい拘りのある監督のようである。エキストラが一人減るくらい別にどうでもいいと思えるが、何か数字に美学を持つタイプなのだろうか。

慌てたスタッフは辺りをキョロキョロと見回し、何かを探している。

嫌な予感がした映は咄嗟に物陰に隠れようと後退るが、その前に「見つけた！」と声をかけられ捕まってしまう。

「え？　あの、な、何でしょう」

「ごめん、あなたマネージャーさんとか？」

「あ、僕、付き人で……」

「丁度いいや、同じような服着てその辺立ってるだけでいいからさ！　ね、頼むよ、もちろんギャラ出すし」

映の返事も聞かずにマスクもキャップもむしり取られ、予備の作業服を着せられ現場に放り込まれてしまう。

辛うじてメガネは残してもらえたものの、あれだけ気をつけて顔を隠していたのにほぼ丸出しだ。

「そこで適当に談笑して。会話は音に入んないからほんと内容何でもいいから！」

林業の会社の社員たちが積み上げられた丸太の前で、ひと仕事終えた後という場面のようだ。その手前でメインの俳優たちが演技をするので、映たちは背景も同然である。

「大変だね、いきなり連れてこられちゃって」

まだこの急展開についていけず呆然としている映に、他のエキストラたちが話しかける。もうカメラは回っているので、これが談笑シーンなのだろう。映は苦笑して肩を竦めた。


「ええ、びっくりです。僕、エキストラやるために来たんじゃないのに」

「あの監督、妙なところに拘るよね。本当、別に一人いないくらいいいじゃん」

「でも一人足りないのをひと目見て気づいたんだから、やっぱすげえよ。拘りあるからこそだろ。ちょっと病的だけど」


突然の飛び入り参加の映に皆興味を覚え、いつの間にか映を中心に話が進んでいく。


「そんなに綺麗なのに役者志望じゃないの？」

「僕はただの雑用係ですから」

「もったいねぇよ、絶対。まあ、役者になるならライバルだけど、そういうの抜きにしてもったいねぇと思うよ。だってあんた可愛いもん」

「おいおい、男に可愛いって……可愛いけどさぁ、めっちゃ」

「ばか、何顔赤くしてんだよ。この子は俺のだから」

「あっ、そういうのだめ。抜け駆けだめだって。おい、肩抱いてんじゃねぇ」

「……あの……」


いつの間にか映を巡って言い争いが始まっている。少し離れた場所では芝居が続いているというのに、こちらはこちらで妙な世界が生まれつつある。

すぐに監督の「カット！」という声が響いたにもかかわらず、映を囲む男たちは止まらない。

「え、今後もデビューの予定とかないわけ」

「ないです……」

「じゃあまた会うには世話してる役者とかち合わなきゃいけないんだぁ。せっかくだから連絡先教えてよ」

「だから、抜け駆けすんなって！　俺だって知りたいよ」

「そうだ、皆でこの後飲みに行こうぜ！　そこで仲良くなりゃいいじゃん」

「あ、そういえばまだ名前も聞いてねぇ。君名前何ていうの？　芸名とかないだろうし、本名だよね？」

まるで合コンのような雰囲気になってきたとき、エキストラの別グループにいた雪也が颯爽(さっそう)と割って入ってくる。

「うちの付き人に何か？」

「え……、誰？」

「ああ、あんたがこの子の……」

雪也は儀礼的な笑みを浮かべているが目が笑っていない。映を囲んで興奮し切っていたモブたちは、最初割って入ってきた雪也にムッとしていたが、その威圧オーラに途端に冷

水を浴びせられたようにシュンとなる。

「そうだ、こんなところにいて大丈夫なんですか、映さん」

「ほえ?」

突然肩を摑まれて心配される。

「いつも人前で演技なんかすると具合悪くなるじゃないですか。ああほら、顔色が悪いですよ。向こうで休ませてもらいましょう」

小芝居を始めた雪也が意味不明過ぎてぽかんとするが、何かしら意図がありそうなのでとりあえず黙って従う。

エキストラたちの輪から抜け、雪也に半ば担がれるようにして歩いていると、先程映を無理やりここに連れてきたスタッフと鉢合わせした。

「え、彼、どうかしたの」

「少し具合が悪いみたいなんです」

「あれ? さっきまで元気だったじゃん」

首を傾げるスタッフに、雪也ははあ~と大仰にため息をつく。

「どうして付き人にエキストラなんかさせたんですか。彼は人の視線が極度に苦手で、それで人前に立つ役者を諦めたんですよ。それでも現場の空気が好きだから、こうやって僕の付き人として同行してるんです」

「あ……、そうだったんだ。ごめん、知らなかったよ」

映も知らなかった。事前に取り決めた設定の中にもない。雪也が即席で作ったものである。相手を責めることなく罪悪感を抱かせる、絶妙に性格の悪いアイディアだ。

「もう僕の出番もないはずですから、休ませてください。彼を少し人目から遠ざけたいんです」

「ああ、それなら、停めてきたロケバスの中で休んでてよ。病院とか行く？　こっちは撮影もう少し続くから、すぐには車動かせないけど……」

「少し休めば十分です。しばらく二人にさせてください」

上手いことスタッフを言いくるめ、雪也は映を離れた駐車場まで連れていき、座席に押し込む。

内側からカーテンを閉め薄暗くなった車内で、ぎゅっと映を抱き締め、雪也は深々とため息をついた。

「まったく……あなたは行く先々でハーレムを形成しますね」

「ふ、不可抗力だって……断れなかったんだよ」

「わかってますよ……」

雪也は映を強く抱き締めて放さない。首筋に深く顔を埋めて獣のように映の匂いを吸っている。

そして当たり前のように尻の下の雪也がぐんと硬くなり、映は青ざめる。

「え……何？　何？　まさかここでやんの？　また？」

「そうしないと治まらないんですよ……俺の怒りもここも」

雪也は悩ましげに映を見つめる。濡れた目が壮絶に色っぽく切なげな表情は可愛くてキュンとくるが、股間の鬼のような勢いのものは可愛くない。

「男に囲まれているあなたを見るとぞっとするんです……あなたは俺のものなのに、男の輪の中で笑っていて……まるでこの手から離れていくような錯覚を覚える」

「そ、そんなの全然有り得ねぇから」

「知ってます。でも、一瞬怖くなるんですよ。だから確かめたいんです……あなたが俺のものだってこと」

作業着の下に手を突っ込み肌を撫で、尻を揉みながら股間を押しつけてくる。熱い息を吹きかけながら食いつくようなキスをされ、もう完全にセックスモードだ。

「や、ヤバいって。ここじゃやだよ。わかったから帰ってからにしよ、な？」

「大丈夫ですよ……現場から随分離れていますし、数台の車に囲まれていますから。それに、ここに来るまでずっと砂利道だったでしょう。誰か来たら音ですぐにわかります」

「いやいや、だって絶対揺れるし！　遠くから見たって目立つし！」

「心臓マッサージでもしていたと説明すればいいですよ」

「俺心臓止まってたの⁉　めっちゃ重症！」

もう何を言っても雪也は止まらない。尻を丸出しにされていつでもどこでも常備しているローションを使って性急に指を突っ込まれる。

「うっ……、ま、マジでやんの……」

「ゴムはつけますから大丈夫ですよ」

最大限の譲歩のように言われるが本来それは普通のことである。

雪也の巧みな指はすぐに映の強張りを解し、前立腺を急き立てるように揉みまくり、たちまち映の体を燃え上がらせる。

「あうぅ……、うう、くそ……、ふぁ、あ、何で、だよぉ」

「いいですか？　映さんのこのいやらしい膨らみ、もっと太いもので押し潰されたいですか？」

「ば、ばかぁ……、も、いいから、早くして……」

デフォルトで言葉責めしてくる作業着の男に泣けてくる。何を言おうが結局最後までやるつもりならば早く終わらせて欲しい。

せっかちですねぇなどと言いながら雪也はゴムを装着したものにローションを塗り、ゆっくりと正常位で押し入ってくる。

奥まで入れずに丁度前立腺の部分でゆっくりと抜き差しされ、映は甘く汗ばみながら泣いて射精する。

「ひぅ、は、やぁ、あ、そこ、だめぇ……」

「だめじゃなくていいんでしょう？　たくさん出ましたね……ああ、カリが引っかかるのわかりますよ……随分丸く膨らんでいる……本当に尻の中で感じるための体ですね……」

「ひぃ、あ、あ、だめ、あ、あぁ」

ぷりぷりに硬く膨らんだ快楽のしこりを極太の亀頭で何度も捲り上げられ、押し潰され、死ぬほど転がされて、映は腰をガクガクと震わせながら何度も精を腹にこぼす。

ようやく雪也がぐっと長いペニスを埋め、直腸の曲がり角までずっぷりと挿入したとき、その充足感に映は一瞬意識が飛んだ。

「心配しているようですから、ゆっくり動きますね……あまり激しく揺れないように……」

「う、ふぅ、あ、雪也ぁ」

シートに頭を擦りつけながら、映は必死で雪也にしがみつく。ねっとりとした腰使いで映の中を掻き回す動きに、高い声が抑えられない。

じっくりいじめられ膨らんだ前立腺は絶えず太い幹に押し潰され、敏感な最奥の腸壁にぐっぽぐっぽと立て続けに握りこぶしのような先端を嵌められる、永遠のような絶頂感。

（気持ちいい……ロケバスでのカーセックスとか初めてだけど全然気持ちいい……ってい

うか雪也とならどこでも死ぬほど気持ちいい……）

よだれを垂らして蕩けるようなオーガズムを味わっていると、ここがどこだか忘れそうになる。というか雪也とのセックスが始まってしまえば、もう場所は関係なくなってしまう。

二人は作業着のまま絡み合い、緩慢に揺れ、その緩やかな動きが更に甘く映を責め立て、天国にも昇るようなアクメに溺れて射精し続けた。

「はぁ、はぁ、もっと長く味わいたいんですが……ここじゃ、さすがにそうはいきませんね……」

映の尻を鷲掴みにする雪也の手の平が汗ばみ、指がぐっと尻臀に食い込む。

中の男根が膨らんで反り返り、括約筋が更に拡げられる感覚に映はまたイった。

「ふぁあ、あ、太い、雪也の……、あ、はあぁ」

「ああ……あなたと無限に楽しみたい……甘い匂いを嗅ぎながら、極上の体を犯し続けたい……作業着の映さんも最高です。山奥の伐採作業に映さんなんかが連れてこられたら、格好の餌食ですよ……逃げられない……さっきの男たちのように、あなたは囲まれて……」

勝手な想像で勝手に再び憤りを覚えたのか、雪也の息が荒くなる。

映も煤けた作業着の屈強な男たちに代わる代わる犯されるのを妄想すると、倒錯的な興奮でますます感じてしまう。実際、さっきのモブたちもこの後飲みに行こうと言いながら完全に映をメスとして認識し発情した目をしていた。

（あんなたくさんの奴らに寄ってたかってやられたら……長いの、太いの、曲がってるの、色々あるんだろうなぁ……）

そんな妄想を、猛烈な精力とサイズを誇るスリコギがあっという間に破壊する。限界まで蕾を開かせる太さ、直腸の最奥まで達する長さ、絶妙な反り返り、逞しい硬さ。それは映の数多くの男遍歴の中でも類を見ない逸材であり、この男のセックスほどの凄まじい快感を他で覚えたことはない。

今や雪也以外のものでは映は満足できないだろう。それでも他の男の想像などしてしまうのは、オスという生き物の悲しい性なのだろうか。

「くっ……、映さんっ……」

「ひぁ、あ、ぁ、は、あっ……」

雪也が最後にひときわ大きく動く。達する前の激しい動きで、映はいつも同時に大きく絶頂に押し上げられる。

「はぁっ……、あぁ……」

雪也が奥でビクビクと痙攣し、直接出されていないのに熱い精液のほとばしりを感じたように思って、映も甘く息を吐きながら精を漏らした。

結局思う存分楽しんでしまい、互いの荒い呼吸の響く車内で、じんわりと笑いが込み上げる。二人ともいい歳（とし）なのに、まるでセックスを覚えたての少年のようだ。

（っていうか、現場に潜入する度にこんなことやってたんじゃだめだろ、おい……）

雪也に体を清められている間、だんだん冷静になってくる。

控え室に続きロケバスでもやってしまった。次があるとすればカメラの前での公開セックスになりかねないので、これ以上現場で雪也を怒らせてはいけない。

衣服を整え、空気を入れ替えるためにロケバスの扉を開ける。清浄な山の空気が入ってきて、こんな爽（さわ）やかな場所で何をやっていたのだろうと反省する。

「しかし……映さんのフェロモンが普段以上に影響する場所ですね、ここは……怖い業界です」

いちばん怖いのはあんただという言葉を呑み込み、映は小さく頷く。

「いくら大人しくしてても見つかるし、今回みたいなこともあるしな。顔完全に隠したけど無駄だったし……」

「映さん、もう現場に来ない方がいいかもしれませんね」

「へ？」

突然の雪也の提案に、映は跳び上がる。

「え、どういうこと。俺、戦力外通告？」

「というか、現場以外での調査をする方がいいかと。俺は桜庭ゆり周辺の情報をここで集めますから、映さんにはその他のことを調べて欲しいんです」

「そりゃ、いいけど……別行動するってことか」

雪也は悩ましげにかぶりを振る。

「本当はあなたから離れるのは嫌なんですがね。でも、現場に連れてくる方がもっと危ない。背に腹は代えられません」

映はデジャヴを覚えて落ち込んだ。確かに以前の大学潜入調査で、妹の美月(みつき)にも「あーちゃんがいると面倒なことになるから来ないで」などということを言われた気がする。

(最近、俺って役立たず度がパワーアップしてる気がする……)

それもこれもこの厄介な体質のせいなのだが、芸能界でそれがより一層強まってしまうのであれば、雪也の判断も間違いとは言えない。それにこれ以上注目度が上がってしまえば調査も格段にやりにくくなるだろう。それでは本末転倒である。

「わかった。雪也に撮影が入った日は別行動しよう。確か明日もあったよな？」

「ええ、昼から」

「とりあえず川越の身辺洗ってみるわ。桜庭ゆりよりか全然やりやすいだろうし」

「何かあっても絶対に深追いしないでくださいね。絶対にですよ」

念を押してくる雪也に苦笑する。どうせ何かあれば深追いせずとも被害にあうのだ。しかしいつまでも雪也に助けられてばかりでは、本格的な役立たずになってしまう。

（しゃーない。体質は変えられねぇんだし、その都度対処するしかねぇよな）

映は腹を括り、山の清らかな空気を吸って心機一転を試みるのだった。

＊＊＊

翌日から、雪也は一人で現場に向かうことになった。

映を一人にするのは無論不安だが、もう現場に連れてくることはできない。

（まさかあそこまで吸引力が強まるとは思わなかった……特殊な業界だし何らかの変化はあると踏んでいたが）

昨日と同じく台詞のないモブを演じながら、雪也はさてどうやって川越から情報を聞き出そうかと考える。映のことは気になるが、まず自分のするべき仕事をこなさなくてはならない。

けれどあれこれ考えていた雪也を拍子抜けさせるほど、呆気なく川越と話す機会は訪れた。

「見ぃつけた、雪也さん！」

撮影終了後、桜庭ゆりが声をかけてきた。川越から聞いたのか、すでに雪也の名前も把握済みのようだ。しかも最初から下の名前で呼びかける大胆さだ。

「お疲れ様です、桜庭さん」

「やだぁ、ゆりって呼んで！　ねえ、いきなりなんだけど、この後時間あるかなぁ？」

「ええ……もちろん」

思わずゆりの隣にいる川越に視線をやると、彼は苦笑して頷いてみせる。

「もちろん、まだ打ち上げじゃありませんから、単なる飲み会です。他のスタッフ数名と、もちろん僕もご一緒します。ゆりがいつもお世話になっている方々と飲むんですが、彼女が如月さんも呼びたいと聞かなくて」

「だってもっとお話ししたいんだもん！　休憩時間じゃ満足に喋れないし……ねえ？」

いつの間にか腕を絡められている。恋人のように密着されても何も感じないが、周りの視線が少し気になる。けれどそれは嫉妬という類いのものではないようだ。どちらかというと、少々笑われているようにも感じる。

ゆりは専用の車で店まで移動し、雪也は他のスタッフたちとロケバスに乗る。

「いやぁ、目ぇつけられちゃったね、如月さん」

主演女優と離れた途端、スタッフたちは口が軽くなり、雪也に同情的な目を向ける。ゆりの評判は彼らに詳しく聞くことができそうだ。

「どういうことですか」

「いや、毎度毎度ね、あの子お気に入りの役者捕まえて、その撮影期間だけ恋人みたいになるんだよ」

「それは、毎回違う相手ということでしょうか」

そうそう、と彼らは堰を切ったように喋り始める。

「よく共演者キラーとか言うじゃん。ドラマとかで共演した俳優皆食っちゃう人」

「そういうのって大抵相手役の俳優とかなんだけど、彼女の場合、現場でいちばん顔のいい男を見繕ってつまみ食いするんだよね。ベテランとか新人とか関係ないの。とにかく見た目！　顔！　体！」

なるほど。ゆりの男グセの悪さは、もはや業界では常識になっているらしい。

しかしそれだけ男遊びをしていて、これだけスタッフも好き放題にバラしているというのに、なぜ週刊誌の類いでは一度も記事にならないのか。それがふしぎで仕方がない。

「ねえ、君さ、正直なところ、ゆりちゃんどうなの」

わざとらしく声を潜めて聞いてくる。雪也は少し考えて当たり障りのない答えをする。

「可愛らしい方ですよね。僕みたいな新人にも気さくに声をかけてくれますし」

「だってそりゃ、ものにしたいからだよ」

「じゃあ、誘われたら受け入れちゃうの？」

「いえ……一応恋人がいますので……」

あー、とその場にいる全員が声を揃える。

「だよなぁ。如月さんすげーカッコイイもん。フリーなわけねぇよ」

「あの……そういうお誘いを断ってしまったら、どうなるんでしょうか」

「いやいや、別に構わないはずだよ。彼女、ただベタベタできれば満足なところもあるし」

「そうそう。気が進まないなら全然それでいいと思うよ。しかし、如月さんの彼女さんなら、相当な美人なんだろうなぁ」

（それはもう魅力的過ぎて、現場に連れてこられないほどですよ）

心の声で返事をしつつ、雪也は微笑んでお茶を濁す。

スタッフたちと話していると、奔放な男グセ以外は特に嫌われているところはないようだ。そりゃ同じ立ち位置のタレントたちからすれば、あんな何もない子が何で、と妬んだりはされるだろうが、現場のスタッフからしてみれば、誰が人気者になろうが、スキャンダルで失脚しようが、自分たちの仕事が恙無く進めばそれでいいのだろう。

飲み会の店は高級焼き肉店だった。よく使っている店なのか奥の個室に通され、慣れた様子で川越は「いつものコースで」と店員に注文する。

「わぁ、嬉しい！　ね、雪也さんのことたくさん聞かせてね！」

ゆりは当然のように雪也の隣に陣取り、初めからはしゃいでビールをがぶ飲みしている。

さほど強くないらしく、すぐに赤い顔になるゆりに、これは使えると考えた雪也は、上手いこと言いながらワインや日本酒など、度数の高いものを飲ませて早々に潰してしまうことにした。何しろ、今夜話がしたいと思っているのは彼女でなくマネージャーの方なのである。

雪也の作戦が功を奏し、興奮したゆりは早々にアルコールが回り、まともにろれつが回らなくなってくる。

「あー、ゆりちゃん、その辺にしよう。明日も早いんだから、ね？」

「えー！　何でぇ！　ゆり、もっと雪也さんとお話しするのぉ！」

「ああもう、困ったなぁ」

川越が笑いながら向かいのスタッフに目配せする。すると彼は頷き、ゆりを後ろからそっと支えて、「ゆりさん、二軒目、行きましょう」と声をかける。

酔っ払ったゆりは喜んで同意し、スタッフに連れられて個室を出ていった。

「いつもああやって彼が自宅まで送るんです。酔っ払っちゃってるから、どうせタクシーの中で寝ちゃうんで」

「ああ……そうなんですか。ゆりさん、お酒弱いんですね」

「わかってたでしょ、如月さん」

作戦を見抜かれていたとドキリとするが、川越が怒っている様子はない。

残ったスタッフたちでその後も少し飲んだが、明日も仕事があるので早めのお開きとなる。

しかし、店を出る前に、川越が雪也の肩を叩く。

「もう少し、どうですか。いい店を知ってるんです」

「ええ、もちろん、喜んで」

待ち望んでいた機会がやってきた。

雪也たちは他のスタッフと別れ、細い路地を入ったところにひっそりと看板を掲げる小さなバーに入った。川越のお薦めなだけあって、落ち着いた雰囲気のクラシカルな内装の店だ。

二人は奥のカウンターに並んで座り、雪也はブランデーのロック、川越はモスコミュールを頼んだ。

川越は今日も相変わらずモサモサしている。明らかに放置しているくせっ毛、薄ぼんやりと汚れたメガネ、シワの寄ったジャケット。薄暗い素敵な感じのバーで見てもそのモサついた印象は変わらない。

しかしそれでも、説明のつかない何らかの魅力がこの男にはあるのである。

「どうして僕を誘ってくれたんです」

「興味があったんです。最初にもお話ししましたが……あなたと、そして笹川さんのような方は滅多にいないので」

　また、あの曖昧な言い方だ。

「あの……そのことなんですけど、一体どういう意味なんですか。僕と彼は、特に飛び抜けた芸能界での才能があるわけじゃないと思うんですが……」

「うーん、何て言うんですかね。僕にもわからないんですよ、『それ』が何なのか。ただ見えるんです、僕だけに」

　まさか霊感商法でも始めるつもりかと思わず身構えると、すぐに察して川越は笑う。

「いや、何もね、守護霊とかそういうことじゃないんですよ。僕、霊感は全然ないと思いますから」

「でも……人に見えないものが見えるということですよね」

「ええ、そうなんです。昔はそれが何なのかわからなかったんですが……大人になってからようやく理解しました。僕が見ているのは恐らく、『フェロモン』なんです」

　あっ、と声を上げそうになる。

（フェロモン……まさか、フェロモンが視認できるのか？　そんな人間がいるなんて……嘘だろ）

　しかし、フェロモンが見えているとなれば、すべて納得がいく。雪也ほどのものを滅多に見ないというのも、映がヤバいというのも。

「一体、どんな風に見えるんですか」

「よく霊能者の方がオーラの色とか言うじゃないですか。あれと変わらないかもしれません。色というか、強さ、濃さで僕には見えるんですけどね。如月さんはね、女性を惹きつける性質のものですよ。男性も多少ありますが。それが……そうだなぁ。一般人が十くらいだとすると、売れている俳優で五十から八十くらい。それがあなたは百超えてます。百二十くらいかなぁ。ホストとかで極々稀に見るくらいのレベルです」

　具体的に数字で言われるとわかりやすい。なるほど、雪也のフェロモンは人気俳優よりも強いのだろう。女性を惚れさせる商売のホストならば、フェロモンの強い男が多いのも頷ける。

「しかし何ですか、女性を惹きつける性質とか……色じゃないとすると、何か形状ですか」

「ああ……そうですね。女性が好むものは、こう、落ち着いた動きの靄のような見え方をするんです。如月さんの体の周りを一定の形で漂っているというか。あと、年齢によっても違うんでしょうね。若い女性が好むものと成熟した女性が好むものとでは……あの、引いてませんか？　僕、かなり特殊な話をしてますが」

「いえいえ！　すごく面白いですよ。今まで霊感のある人と喋ったことはありますけど、フェロモンが見える人なんて初めてですから」

そうですよね、と川越はグラスを傾けながら笑っている。

それにしても、男女が好むもの、年齢によって好むものと、まさしく老若男女の好むフェロモンまで見分けてしまうとは面白い。

「そういうの、いつから見えるようになったんですか？　もしかして、何か事故とかがきっかけで……」

「いえ、小さい頃から見えていました。それが普通だったので、自分しか見えていないと子どもの頃は気づかなかったんです。だから自然と、あの形のものを持ってる人は男に好かれやすいとか、女に好かれやすいとか、おばあちゃんに好かれやすいとか、わかるようになったんですよね」

雪也は霊というものを信じていない。

目に見えない何かがあることは認めているものの、幽霊が見えるという多くの人たちは、錯覚かあるいは何か脳に問題があるのだと思っている。

けれど、フェロモンはどうだろうか。川越は、雪也を相当だと言い、映に対しては特に驚愕（きょうがく）を隠さなかった。

「あの……それじゃ、映さんは……僕の付き人のフェロモンはどのくらいなんですか」

「いや、それですよ。正直、僕にもわかりません」

映の名前を出すと、一気に川越は興奮し始める。

「あの、僕、一応フェロモンが見えるだの何だの、人に話したことはないんです。正真正銘、如月さんが初めてですよ。だって変だと思われますし、普通の人たちにとってはフェロモンなんて何のことかわからない、というか大体はあるかないかわからないくらいの人たちですし」

「それで……どうして僕には話す気になったんです」

「だから、映さん、笹川さんですよ。もちろん如月さんもすごい。滅多にお目にかかれないものです。でも、笹川さんは、出会ったことのない規模なんです。あんな……数値でも表せませんよ。わからないほど強いんです。二百……いや、それどころじゃないな。三百はありますよ！」

さっき川越は一般人が十で、売れている役者が五十から八十くらいだと言った。そして雪也は百二十ほどだと。

そして映は、まさかの三百だと言う。いくら数値で具体的に示されても、それは川越にしか見えないので確認はできない。ただ、それがとんでもない強さなのだということはわかる。

「笹川さんのあれは、完全に男性向けに特化したものです。色っぽいセクシーな女優が纏っているものを何倍も強くしたようなものですよ」

「ああ……やっぱり」

その言葉を聞いたとき、やや半信半疑だった雪也も、完全に川越を信用した。

彼には本当にフェロモンが見えているのだ。雪也は今、妙な感動に打たれて言葉を失っている。

「男性を惹きつけるものは、よく動くんです。形が頻繁に変わる。笹川さんのは、何だかもうすごかったですよ。そこら中の男に触手が伸びていくみたいに、捕まえようとするんです。あんなそれ自体が生き物のようなフェロモンは初めて見ました」

それは、もうほぼモンスターなのではないか。男を魅了する魔物――あまりに映に似合い過ぎて、ひねりがないと思えるほどだ。

（やっぱり映さんのフェロモンは尋常じゃなかった。しかも、男にだけ。これほど説得力のあることもないだろう。映さんが男を引っかけまくっているのを見た後ならまだしも、彼が最初に声をかけてきたのはその前だ。話し始めてすぐに、映さんはすごいとわけのわからないことを言っていた……こいつは本物だ）

それにしても、何という特殊体質だろう。霊でもなくオーラでもなく、フェロモンが見えるとは。

そして見えずともフェロモンが過剰だとわかる映と、それが見える川越が出会ったのは必然のような気すらしてくる。

「すごい能力ですね……まさしく、芸能界にうってつけじゃないですか」

「ええ、そう思います……僕自身も、ある意味特殊なフェロモンを持っているので、如月さんや笹川さんのような人に会えたことは喜びでもあるんです」

「川越さんも？　一体どんな……」

「僕のフェロモンは無差別なんです」

突然格闘技のようなことを口にする。首を傾げていると、川越は恥ずかしそうにくせっ毛をワシワシと掻き回す。

「あの……老若男女問わず、ということです。強さは如月さんより少し弱いくらい。それでも、十分にフェロモン体質といえます」

「え……老若男女って……それ、何だかすごいんじゃないですか？」

「ええ、特殊です。今のところ、僕以外では見たことがない。もちろん、誰しも全方向に対するフェロモンを微量は持ち合わせているんですが、通常は異性に向かうものがほとんどです。笹川さんのフェロモンは、そういう意味でもあまりに別次元でした。本当に宇宙人かと思うほどです」

「ああ……もしかしてそうなのかもしれませんね……」

雪也は霊は信じないが宇宙人は信じている。もしかすると、映も地球外生物なのかもしれない。自分ばかりがトラブルにあう気の毒な宇宙人ではあるが。

しかし、それで川越が普通の人にはない何らかの魅力がある理由がわかった。彼もこんな冴えない見た目をしていながら、映と同じフェロモン体質だったのだ。

そのとき、川越がようやく一日中曇っていたメガネに気づいたのか、おもむろに外してレンズを拭き始めた。

そしてその下に現れた魅力的な瞳は、川越が『冴えない男』を演じていると思わせるのに十分な美しさである。

ド近眼だったらしく、漫画のように目の大きさが変わった。モサモサのくせっ毛は無造作ヘアに変わり、だらしない猫背は気怠げな魅力に変わる。アイロンをかけていないしわしわジャケットは、シワ加工を施したシャレオツな素敵ジャケットに早変わりした。

「メガネ取ると、全然印象が変わりますね」

「よく言われます。フェロモンが見える代償なのか知りませんけど、僕本当に目が悪いんですよね。如月さんの顔も全然見えないですよ。こんなに近いのに」

目が悪いせいでぼんやりとした目つきになるのだろうか。加えてメガネを外すとよく見ようとして顔が近くなる傾向があり、まるで憂いを帯びた目つきで迫られているように錯覚する。

そして、近寄ると映ほどの強烈さはなく種類の違う香りだが、確かにフェロモンと呼べるような何かの匂いがする。

「なるほど……わかったような気がします」

「何がですか?」

「川越さんが、凄腕マネージャーと呼ばれている理由です」

「え……あはは、そんな風に呼ばれてますか」

川越は顔をクシャクシャにして笑う。目尻のシワさえも魅力的で、メガネを外した途端にあらゆる表情が人を虜にする誘惑に満ちている。

「まあでも、どうかな……僕は自分のフェロモンの話も如月さんにしたのが初めてですから……知らない人たちからすれば、『何が何だかわからないけど、一緒にいるとその気になってしまう相手』なんでしょうね」

「本当に全然印象が変わりますよ。大体の人間はこうして二人で飲めばもう思いのままなんじゃないですか」

「あはは、あけすけな言い方をするとそうですよね。まあ……お察しの通り、それでゆりの仕事も取ってきてますからね」

やはりそうだった。わかりやす過ぎるくらいのわかりやすさ。

枕営業のプロフェッショナルであり、その腕前は百発百中なのだ。しかも老若男女すべてを相手にできるので、こんな最強の刺客はいない。そして芸能界という場所はフェロモンが効きやすい世界でもあるので、彼の能力は無双だろう。

「あの、もしかしてゴシップ記事を出さないようにしているのも……？」

「あ、はい、そうです。僕の言いなりにならない出版社はないですよ。どこもトップの首根っこ摑んでますんで」

　これはもう枕営業とは呼べないレベルなのかもしれない。そのフェロモンによって相手を骨抜きにし、思い通りに操る男——それが川越隼の正体だった。

　あまりにも漫画のようで、現実には到底有り得ないと思える真相である。規模が大き過ぎる。想像はしていても、まさかと鼻で笑ってしまうような話が、現実にあったのだ。

　よしんば「枕営業じゃないの？」と噂されることがあったとしても、その数が多過ぎるので誰も本気にはしない。しかし事実、そのすべてが枕営業で成り立っていたのである。

嘘のような本当の話だ。

「ゆりは本当に手のかかる子です。彼女のために、僕がどれだけの不祥事を揉み消したか……見てわかると思いますが、彼女は本当に男好きですから、僕も苦労が絶えません」

「ゆりさんは、フェロモン体質なんですか？」

「いいえ、彼女は一般人レベルです。僕の営業がなければ芸能界では生きていけないでしょう。以前アイドルなんかやれていたのがふしぎなくらいですよ」

　川越はあっさりとゆりを酷評する。特に何の感情もこもっていない、単純に客観的な意見という口調だ。

「あの、どうしてそこまでして彼女を売るんです？」

「そりゃもちろん、社長の指示だからですよ」

何を当たり前のことを、と川越は笑う。

「僕はセントプロの高橋（たかはし）社長の指示なら、どんな人間でも売り込みます。それが僕の存在意義ですので」

セントプロ社長――高橋聖斗（せいと）。

ヒロ社長が言っていた、川越のお陰で大きくなったという会社だ。高橋社長のことは予（あらかじ）め調べてあるが、年齢は六十、妻子なし。元々自分も役者で、最初は仲間たちと立ち上げた会社だったようだが、残ったのは高橋一人。

そしてどういう経緯かわからないが川越というフェロモン兵器を手に入れ、バンバン人気俳優やアイドルなどを生み出している。

「高橋社長はなぜゆりさんをヒットさせる対象に選んだんでしょう」

「さあ……それは僕にはわかりません。僕はいつでも社長に言われたことをやっているだけですから。今までも理由を聞いたことはありません」

川越は随分と従順な社員のようだ。自分の能力が会社を大きくしたという自負のようなものはないのだろうか。

彼は高橋社長に言われるままにゆりのために仕事を取り、スキャンダルを揉み消しているだけ。そのことに個人的には何の感情も抱いていないらしく、語り口調は淡々として、特に何かの含みを持たせることもない。

「まあ、僕やゆりのことなんかよりも、気になるのはあなたたちのことなんです」

川越は身を乗り出し、雪也に迫った。

「特に笹川さん……思わず最初にも言ってしまいましたが、彼、あんなすごいフェロモンで普通に生活できているんですか？　僕程度のものでも、これを自覚しコントロールできるようになるまで本当に大変でしたから」

「え。ちょっと待ってください……コントロール？」

思わず雪也の方も身を乗り出す。

「川越さんは、そのフェロモンを……つまり自分で抑えたり出したりできるということですか？」

「ええ、そうです。いつでも出し放題にしていたら大変なことになります。実際、僕はそれで死にかけたこともありますんで」

「そ、それ、一体どうやるんですか。何かの訓練が必要で？」

それは今最も雪也が恋人に教えたいことである。あのフェロモンを抑えられるだけでどれほど安心できるだろう。

「如月さんは大丈夫じゃないですか。見たところ、自然とコントロールできていますよ。

それに対象が女性ですから、女性の場合は意図的に近づかなければそう暴走することもありませんし……」

「あの、僕じゃなくてですね」

言いかけると、ああ、と川越は大きく頷く。

「笹川さんは確かに見境ないものをお持ちですよね……何より如月さんが側にいるときがひどいです」

「え？　僕……ですか」

「お二人は恋人同士なんでしょ？」

さらりと川越は言い当てる。

「笹川さんは自覚がない上、かなり欲望に正直な体をお持ちのようです。如月さんが側にいると彼のものがもうあなたに絡みついて離れません。如月さんもよく平気ですね。慣れているのかもしれませんが」

(平気なんかじゃない……俺はこれでも常に自制はしてる)

それでも、我慢できなくなり場所がどこであろうと組み敷いてしまうこともある。普段からそうなのだから、セックスのときには実際甘い匂いとして嗅ぐことができるほど猛烈なフェロモンが発散されているのだろう。あの香りのせいで何度出しても勃起してしまい終わらない。体力的な限界が近づくまで抱いてしまい、結果映は毎回ほぼ気絶だ。

川越は真剣に考えているようで真面目な顔で首をひねっている。

「でも、どうだろう……あれだけ強いものだと、抑えても不可抗力ということはあると思います。普通の人では起こり得ないことも起きてくる……そう、僕はそれも知りたいんです。フェロモンが見える人生を歩んできて、初めて出会った超弩級のものの持ち主ですから、研究……と言ったら何ですけど、彼のことが知りたい」

「け、研究ですか。まあ……確かにあの人は色々と特殊ですが」

そのとき、はたと時計を見ればすでに結構な時間が経っている。

明日も早いということで、「ぜひまたお話しさせてください、今度は笹川さんもご一緒に」と川越はキラキラと目を輝かせ、雪也にタクシー代を握らせ、メガネをかけてまたモサモサした男に戻り、去っていった。

もしかすると、あのメガネが川越の言う『フェロモンのコントロール』の手段なのかもしれない。

（とすると……バーであれを外したのは、もしかすると俺を籠絡しようとしていた？）

それはなきにしもあらずだ。ただ、雪也は普段もっと強いフェロモンを日常的に浴びているため効果がなかったのだろう。それか、雪也自身が彼よりも強いものを持っているためか。

それを確認するための行動でもあったかもしれない。何しろ、彼は映を『研究したい』

と言っていた。フェロモンが視認できる特殊体質のために、その仕組みを解明することが彼のライフワークになっているのだろう。だとすれば、映は確かに彼にとって絶好の『研究対象』である。

（それにしても……フェロモンが見える人間に出会うとはな……）

八木崎香苗から桜庭ゆり調査の依頼が来たときには思いもしなかった展開だ。今夜は聞くことができなかったが、あれをコントロールする術（すべ）はぜひとも知りたい。それは今最も映に必要なことだ。

そして、セントプロの高橋社長があえて十人並みの桜庭ゆりを売り出そうとする理由──きっとそこに何かがあるに違いない。

しかし大きな手がかりを摑んだことに浮かれるよりも、映のフェロモンを抑制できるかもしれないという情報の方に喜びを感じている。

タクシーを呼び止める雪也の足取りは、いつも以上に軽かった。

復讐（ふくしゅう）？

撮影から帰ってきてから雪也（ゆきや）がおかしい。

何やらぐっと目を凝（こ）らして映（あきら）を、というか映の周囲を観察している。丁度猫が何もない場所をじっと見ているような感じで気味が悪い。

「ねえ、何？　俺にハエでもたかってる？」

「いえ……頑張れば俺も見られるかなと思いまして」

「何がだよ。現場でヤバいもんでもキメてきたのかよ」

芸能界ってやっぱり怖いわぁ、とおどけてみせても、雪也の真剣な顔つきは変わらない。

意味がわからないので放っておくことにして、映は今日の調査の収穫を報告する。

「あー、一応な、色々あのマネージャーに関してわかったことがある。ヒロ社長に教えてもらったんだけど、ステラスターズのスタッフで一時期川越（かわごえ）と付き合いがあった奴（やつ）がいて……っていっても十五年くらい前で、飲食店で一緒にバイトしてたらしい。今川越は三十六らしいから、まあ大体二十歳の頃な」

「へえ。それはかなり前の話ですね」

「ああ、そう。だから、セントプロに入る前だ」

　映はそのスタッフに話を聞きにいったが、半年くらいバイトで一緒だっただけで、川越がそこを辞めてしまってからのことは知らないらしい。

　そこで次にその飲食店に行き、当時の店長に連絡を取ってもらって、川越が次にどこへ行ったか知らないか聞いてみた。

「川越は飲食店のバイトを辞めた後、歌舞伎町でホストをやってたそうだ」

「ああ……なるほど。それは適職でしょうね」

「ええ？　マジでそう思う？」

　あの冴えない男のどこがホストに向いているというのか。雪也の反応に違和感を覚えつつ、映はとりあえず話を進める。

「なんか、それも自ら行ったんじゃなくてスカウトされたらしい。見かけによらず、あの男の周りじゃ痴話喧嘩が絶えなかったらしくて、それまでのバイトも半年が最長記録だそうだ。九州の田舎から上京してきて以来、いつも職場がめちゃくちゃになって辞めるらしい。そもそも田舎を出てきたのも、痴話喧嘩で殺されそうになって地元にいられなくなったからみたいでな。最初に話を聞いたスタッフも、昔の話だけどあまりに印象が強烈だったから覚えてるって」

「はあ、さすがに苦労してますね。理解できます」

「……あんた、何か川越に聞いてきたの？　さっきからいちいち納得してるけど。まあ、それは後で聞くとして……で、歌舞伎町のホストクラブ、よく知ってる知り合いいたから聞いてみた」

「……それ、映さんの元パトロンじゃないでしょうね」

「ち、違うって！　リカコちゃん、わかるだろ。事務所によく遊びに来るキャバ嬢！　あの子が働いてるキャバクラのママ繋がりだよ。ママのお得意さんで飲食店とかホストクラブ経営してるおっさんいるから、今回その人に色々話してもらった。川越の名前出したらさ、すぐわかった」

川越隼は有名人だった。歌舞伎町の最も大きなホストクラブで、伝説的な売り上げを上げたそうだ。

しかし、やはり川越を巡っての客同士、ホスト同士、黒服同士、別のホストクラブまでも巻き込んでのオーナー同士など、有り得ないほどの争いが起き、それも含めて未だに語り草となっているらしい。

「それで刃傷沙汰にまでなって死にかけて、それを救ったのがセントプロの高橋社長だったんだそうだ」

「救った、というのは……？」

「ホストをやめさせて、自分の会社で雇ったんだ。夜職は川越のそういう才能を活かせる場ではあったが、川越には自我みたいなものが足りなかった。自分を商品にするプライドみたいなもんが持てない性格だったらしい」

「なるほど……。それを見越して、タレントをサポートする裏方の役割で雇ったんですね。川越はそれで高橋社長に恩義を感じて、忠誠を誓っているというわけですか」

「で、そっちは？　帰り遅かったけど、飲み会か何かで話聞けたの」

雪也は大きく頷き、待ってましたとばかりに川越と飲んで話してきた内容を語り始めた。

「いや、映さん。あの人はね、まあ調査対象ではあるんですけど、映さんの救世主になってくれるかもしれませんよ」

「はあ……？　何それ、どういうこと」

「つまりですね……ほら、最初に会ったとき、何か不気味なこと言われたじゃないですか。すごいだとか相当だとか。普通に出歩けるのかとか」

「言われた！　結局あれってどういう意味だったんだよ」

「彼、フェロモンが見えるんだそうです」

一瞬雪也の言葉が理解できず、反応が遅れる。

「フェロモンが……見える？」

「そうです、そうです！　だから、俺のフェロモンも、映さんのフェロモンも彼には見えていたんです。そして彼自身も同じような体質で、それを使って色々と仕事をしていたんですよ」

「えーと……つまり……枕ってことか」

ウンウンと頷く雪也。しかしあまりに突飛な展開に頭がついていけず、映はぽかんとしてしまう。

「え、だって……そんな、枕で仕事取るったってさ……それ、肝心の女優の方がやるもんなんじゃないの？　一般のイメージだと」

「桜庭ゆりが自分売ったって仕事取れると思います？」

「いや、あの、それは言い過ぎだけど、まあ……それであんだけ何でもかんでも出演できるなら、どんな奴でもやってるよな」

「そうですよ。この状況が可能なのは、川越の特殊なフェロモンゆえなんです。彼は自分でフェロモンをコントロールできるんだそうで、普段は野暮ったい男にしか見えませんが、ここぞというときに出しまくるんです。それで相手を骨抜きにして言いなりにする……そういう方法だったらしいですよ。本当、話していても嘘っぽいですけど」

「すげー嘘っぽいよ！　でも、マジでか……」

しかし、歌舞伎町で聞いてきた話のことを思い出せば、それくらいは可能なのかもしれないとも思える。何しろ、あまりにすごい伝説だった。随分盛っているんだろうと若干話半分に聞いていたが、あの地味な桜庭ゆりをここまでの大スターにできるほどの枕営業が可能ならば、ホストクラブでの語り草もすべて本当のことなのかもしれない。

「映さんの話で、川越が高橋社長の指示ならば何でも聞くという理由がわかりました。夜の商売で死にかけたところで、自分の会社に誘ってくれたということでしたか」

「正直そんなトラブルメーカー、知ってたらどこも雇いたくねぇよなぁ。多分そのままホストやってたら、どこぞのヤクザにでも拉致(らち)られて永遠にペットにされる末路になりそうだし」

「実際そうなりかけたんじゃないですかね。刃傷沙汰まであったなら……。彼自身、自分の体質で死にかけたと言ってました。まあ、今の仕事が天職かどうかわかりませんが、自我に乏しいというのなら、全部命令されてそれをこなすというやり方が合ったんでしょうね。自分が主体のホストよりも」

　確かにホストやキャバ嬢などは自己プロデュースが大切だ。毎日のメッセージ、営業、それぞれの顧客への心配り。無差別にやっていては人気になるほどにいらぬ諍(いさか)いも増えるだろうし、そこを泳ぎ切るには経験からの知恵や機転が必要になる。

　恐らく川越はそういうものに乏しかった上に、その体質で無差別に周りの人間すべてを虜(とりこ)にしてしまったのだろう。

「で、何であいつが俺の救世主になんの？　フェロモンが見えるから何だっての。俺のがすごいのはこれまでの散々な経験で知ってるよ」

「そこですよ。彼は自分でコントロール可能だと言っていたんです。だから、もしその方法がわかれば、映さんだって無用なトラブルにあうのを避けられるじゃないですか」

雪也はさも素晴らしい名案だと言わんばかりに、目を輝かせてアピールしてくる。

「彼いわく、俺は無意識にコントロールできているそうなんです。でももし意識的にできるんだとしたら、それを教えてもらわない手はありません」

「ふぅん……そんなことできんのかなぁ」

「今度聞いてみようと思うんです。川越は自分の体質ゆえにフェロモンマニアと呼べるほど研究熱心なようでしたから、映さんにも話を聞きたいと熱烈に希望していました」

「研究って……何かモルモットにされそうでやなんだけど……」

「そんなこと言ってる場合ですか！　いるだけで男なら何でもかんでも誘惑して！　相手だって気の毒ですよ！　これ以上被害者を増やさないよう、できることはやってみましょうよ！」

熱く迫ってくる雪也が面倒くさくて「わかったわかった」ととりあえず頷いてみせる。

勝手に向こうが興奮してくるだけなのに、そちらを被害者と呼ぶのも納得がいかない。映からすれば、被害者は当然自分自身である。

「どうせまた桜庭ゆりの撮影あるじゃん。川越と話すのはそのときでいいとしてさ、明日は交際クラブ行ってみようよ。西麻布とか恵比寿によくある、政財界御用達の会員制ラウンジってやつ」

「そこに誰かいるんですか」

「今日の聞き込みで手に入れた情報なんだけど、元きゅーきゅーきゅーぴっどのセンターがそこで働いてるんだって。井上マナミって子」

会員制ラウンジはキャバクラなどとは少し違って女の子たちにノルマのようなものはないらしい。ただ採用する時点でかなり厳しく振り落とされるので、そこにいるのは一般人とは一線を画した本物の美女たちだ。

大体は成功を夢見る芸能人の卵、あるいは夢を諦めたアイドル崩れの女たちなど、ほぼ芸能界に近い世界である。当然利用できるのも富裕な人物に限られる。

「元メンバーの話、確かに聞いてみたいですね。そういえば、依頼人の八木崎香苗さんも元メンバーの友人がいると言ってましたが」

「そう、電話で確認してみたよ。話聞けないか、って。でも、『この依頼は自分の独断のもので、彼女は関わらせたくない』ってことだったから。名前は教えてくんなかったわ」

「まあ……無理に聞くわけにもいきませんしね。元センターの子に話が聞けるというなら、とりあえずはそれで十分ですし」

井上マナミのことはネットで調べてみたが、出てくるのはどれもひどいゴシップ記事ばかりだった。

本来ならばセンターに抜擢(ばってき)されるだけあってグループの中でも華があり、ソロ活動でも生き残ることができそうだったが、人気男性アイドルとの火遊びが週刊誌に書かれ、そのファンから猛攻撃を食らって自宅まで特定されて突撃され、ほうほうの体(てい)で逃げ出し、そのまま引退を余儀なくされた。

「最近は本当に怖いですよね……ひとつの不祥事が、ＳＮＳであっという間に広がって炎上して、あまりにも多くの人間から攻撃される」

「それってどう思う？　隣の国なんか極端でさ、よく芸能人が自殺しちゃったりするじゃん……そこまでいくとさすがにやり過ぎだと思うんだけど」

「さあ、この時代特有の現象でしょうね。ここまで多くの怒りを一度に視認できるのはネット社会ならではです。まあ、芸能人はそもそもイメージを商売にしていますから、それが損なわれた場合、色々言われてしまうのはある意味当然ではあるんですが」

「まあな。一般人はそのイメージを信じて宣伝してる商品買ったり、ファンになったりするわけだしなぁ」

「何かが露見したときイメージが落ちるというリスクはありますが、その分、一般人よりもずっと多くの収入を得ているわけですからね。その私生活も含めて彼らは商品価値を作り上げているんですから、印象を保持する努力は当然必要になります」

それでも映はそこに人間としての歪(ゆが)みを感じてしまう。

アイドルが恋をして何がいけないのか。確かに清純さや処女性を売りにして、それを信じてファンたちは投資しているのかもしれない。それが偽りだったとわかったときの怒りは相当なものだろう。

けれどそれはアイドルたちが見せる『商品』の姿なのである。自分自身の基本的な人権までも売り渡したわけではない。

恋愛、結婚など、人間として保障されているはずの自由までも制限されてしまうのは、極めて不自然なのではないか。そして、それをわかっていて、そのアイドルという『商品』を楽しむのが、成熟した人間として当然の嗜(たしな)みなのではないか。

そんな風に考えるのは、映がアイドルや俳優など、特定の芸能人のファンになったことがないからなのかもしれないが。

＊＊＊

翌日、映と雪也は、映の知人の口利きでマナミのいる会員制ラウンジに潜入することができた。

入り口は一見それとは気づかない地味な看板が小さく掲げてあるだけだが、地下に潜れば景色は一変し、深紅の絨毯に豪華なシャンデリア、大理石の壁、広々とした居心地のいい空間で、いかにも金を持っていそうな紳士たちがゆったりと上等なソファに座って、傍らに美女を侍らせている。

「確かに……キャバクラみてぇなカジュアルさっつうか、騒がしさはねぇな」

「俺は仕事の付き合いで時々こういう場所には来ますが……こういうラウンジがある周辺は歩いていてすぐにわかりますよ。夕方になると、明らかに一般人とは違う女性がよく行き交っています。骨格から違うのでそういう場所なんだと容易に知れますよね」

骨格――確かに、体の造りからして彼女らは違うようだ。顔は整形でどうにでもなるが、体全体の骨組みはどうにも変えようがない。脚の長さを変える手術もあるにはあるが、生まれ持った肉体の素質、素材というものはやはり才能のひとつと言える。

少し待っていると、井上マナミが出勤してくる。

話を通してあるので、映と雪也が歩み寄ると、彼女はすぐに気づいて微笑んだ。

「あの、お話しされてた方ですか。夏川さんっていう……梶さん紹介の」

「はい、そうです。今日は本当にありがとうございます」

梶というのはリカコ繋がりで話を聞いたホストクラブ経営者の男の名前だ。ここの会員でマナミのことも世話したことがあるらしい。

礼を言って深々と頭を下げると、マナミは「こちらこそ」と苦笑する。

今はラウンジ勤務という身だが、やはりアイドルで一時期ある程度の人気を獲得していたのが頷ける、パッと目を引く華やかなオーラがある。

それは依頼人の香苗も同様だが、顔の造り、体つきもさることながら、表情が魅力的だ。この子をもっと見ていたいという気持ちにさせる。

桜庭ゆりがこの美女と同じアイドルグループで活動していたとは、映には俄には信じられなかった。グループを卒業するとき、その理由もほとんど話題にならなかったというが、こんなレベルのメンバーが揃っていたのだとしたら、これは誰もが戦力外通告を受けたのだと考えてもおかしくはない。

「あそこで話しましょう。今日はお客さんそんなにいないから、離れた場所なら聞き耳を立てられることもないはずです」

マナミは映と雪也をラウンジの奥の席に案内し、それぞれに飲み物を聞いて用意する。

ネットで調べて出てきたアイドル時代の写真と何ひとつ変わらない細く白い脚を組んで、マナミは気怠げに二人の向かいに腰掛けた。

「確か……ゆりのこと、調査されてるんでしたよね」

「はい。これはくれぐれもご内密にお願いしたいのですが……」

「大丈夫ですよ。私、ゆりのことなら何だって喋ります。何なら、誰かにぶちまけたいってずっと思ってたんで」

マナミの目の奥に怒りの炎が燃える。

「私がこんな境遇に落とされたのは、絶対にあの子のせいなんです」

「というのは……その、週刊誌に教えたのが彼女だと？」

「それしか考えられません」

マナミは押し殺した、けれど怨嗟（えんさ）に満ちた低い声で呪詛（じゅそ）を吐く。

「グループを辞めた後、私たちの悪口をあちこちで言っているのは知っていました。でもまさか、ここまでするなんて……あいつ、本当におかしい。許せないです」

「それは……何か確証というか、証拠のようなものがあるんですか。ゆりさんがメンバーたちの情報を週刊誌に流したという」

それは、とマナミは少し口ごもったが、すぐに強い目つきで映を見つめる。

「でも、他にいないんです。メンバー全員に悪意を持ってスキャンダルをばらまくなんて奴……ゆりしかいないんです」

「どうしてゆりさんがそんなことをすると確信しているんですか。何か理由が？」

「ええ……あの……多分復讐じゃないかと」

「復讐……？」

二人は顔を見合わせ、唇を噛（か）んで俯（うつむ）くマナミを観察する。

「ゆりさんが、グループのメンバー全員に復讐する……どうしてそんなことを？」

「……私たち、今思えば本当に幼稚ですけど……ゆりをいじめていたことがありました。そのせいだと思います」

「いじめ、ですか」

「子どもっぽいいたずらでした。ゆりは大人しくて、何か言っても言い返したりするような子じゃなくて。だから私たちも調子に乗って……」

桜庭ゆりは、きゅーきゅーぴっどのメンバー全員にいじめられていた。しかし、マナミの言う『何か言っても言い返したりするような子じゃない』という性格は、今のゆりにはまったく当てはまらないように思える。

映はロケ現場でのゆりの女王様のような振る舞いを思い出し、首を傾げた。彼女は繊細とは無縁な気性のように見えたのだが。

「では、ゆりさんがきゅーきゅーぴっどを抜けたのは、そのいじめが原因だったんですね」

「ええ……それも大きいと思います。あと……やっぱり場違いだったから。あの子、一人でグループのレベル下げてたんで」

マナミが微かに片頬に笑みを浮かべる。言葉と相まってひどく意地悪な表情に見えたが、それは今のスター街道まっしぐらのゆりへの妬みも混じって、どこか寂しげなものだった。

「だけど、全員があんなことされるほどのいじめじゃありません。だって皆トップアイドル目指して血の滲むような努力をしてきたんですよ。だからゆりみたいな子がグループにいたのが納得できなくて、意地悪しちゃったんです。それをあんな……計画的に写真だの映像だの集められて、順番にばらまかれて……私たちの人生はめちゃくちゃです！」

「それなんですが……やはりどのメンバーのものも、同時期に撮られたものだったんですか？」

　怒りに顔を赤くしてマナミは頷く。

「アイドルだって、皆隠れて恋愛してます。火遊びしたっていいじゃないですか。ストレス解消なんです。私たちはファンに夢を見せてる。でも人生を売り渡したわけじゃない。見えないところで楽しんだって、そのくらいしたっていいと思います。見せつけてるわけじゃないんだもの。ファンの夢を壊したのは私たちじゃない、あいつなんです。隠してたものを勝手にバラして。あいつが何もかも壊したんです」

　マナミはメンバーたちの不祥事を暴露したのはゆりだと頑なに信じている。いじめがあったのなら確かにその可能性は高そうだが、証拠はない。

「ねぇ、夏川さん。ゆりに実際会ったことがありますか」

「ええ、まあ」

「どうでしたか。テレビで見るよりも可愛くなってましたか」

映は曖昧に微笑んで雪也を見る。雪也も答えようがなく、「同じだったと思いますよ」と返す。

マナミは大きくため息をつき、カクテルを呷った。

「あんな十人並みの子でも、テレビに出続けていれば、視聴者は人気があると勘違いします。もちろんネットなんかでは散々な評判ですけど、それでも皆ゆりが毎日テレビに出ることに慣れていく。だんだん受け入れていくんです。人気って、そうやって作られていくんですよ」

「そうなんでしょうね……」

「マネージャーの力ですよね、ゆりってよりも。はぁ……どんな手使って川越さんについてもらったんだろ。ほーんと納得いかない」

マナミはため息ばかりついて、横を向いてアルコールを飲み続ける。このまま喋り続けても、彼女からはこれ以上有力な情報は得られなそうだ。マナミに渡りをつけてくれた知人にも、彼女はこの後仕事だから長居はしないでやってくれと言われている。

小一時間ほど話を聞いた後、映たちはマナミに謝礼を支払い、ラウンジを後にした。

「彼女、自分たちがいじめたことに関してはまったく罪悪感がなさそうでしたね」

「まあなぁ。その後こうしてどでかい復讐されたって信じてるから、多少罪悪感があったにせよ帳消しだろうな」

マナミは別れ際、いつか芸能界に返り咲くことを夢見ていると言っていた。きっといつか復帰するから見ていてください、と。

華やかな世界で夢破れて、香苗のように夜の世界で生きていくと割り切る者、マナミのように再起を目指して奮闘する者と、厳しい業界なだけにそこで藻掻く美女たちを見ていると、何やら息苦しい心地になる。

「彼女返り咲きたいって言ってたけど……あそこでパパ活みたいなことしててできんのかな。まあ、生活費のためもあるんだろうけど」

「ああいう場所には芸能界の大御所が来ることもあります。あそこで見出されてデビューする子もいる。そういう機会も待っているんじゃないでしょうか」

「まあ……どっちにしろもう清純なイメージでは無理だろうから、別路線で復活できたらいいよな……」

アイドル時代のマナミのことはよく知らないが、彼女の主張はゆりへのいじめを除いて個人的には理解できる。

知らなければそれはないのと同じことだ。清純だと信じているアイドルの裏側など見なければ、アイドルが見せている表側がファンにとって真実となる。

けれど夢を見せてもらっているという自覚がないファンが多いのだろう。今まで見ていたものが夢だったと知ったとき、現実に引き戻される。そして再び自分を騙すことは難しい。

夜の闇に包まれつつある西麻布を後にしながら、様々な思惑に喘ぐ男女が今夜もここに集うのだと思うと、映はその粘ついた情念が妖気となり背中を追いかけてくるように思えて、無意識のうちに足を速めるのだった。

＊＊＊

明くる日、昼頃撮影に向かった雪也と入れ違いに、事務所に八木崎香苗がやってきた。今日はここまで進んだ調査を報告する日である。

「どうですか。色々わかってきましたか」

「ええ。まあ、座ってください」

今日の香苗は着物姿ではなく、爽やかな水色のワンピースである。豊かな黒髪を後ろで束ね、化粧もナチュラルな雰囲気だ。相変わらず白百合のように美しい。

「今日はお仕事じゃないんですか」

「はい、お休みです。私、そんなにたくさんお店に出ているわけじゃないので。この後はトレーニングとエステの予定があります。今日はメンテナンスの日なんです」

「仕事でお酒も飲むわけですし、維持するのも大変ですよね。香苗さん、芸能界を諦めたときは、昼のお仕事は考えなかったんですか」

　お茶を淹れて差し出すと、香苗はありがとうございますと頭を下げ、すぐに湯呑みに口をつける。

　そして少し考えた後、ゆっくりと口を開く。

「夏川さん。私たちみたいな人間は、そうそう元の生活には……一般的な生活には戻れません。あけすけに言うと、金銭感覚が違うんです」

「そんなに派手にお金を使う生活だったんですか」

「あの、何ていうか……付き合う男の人もそうなんですけど。連れていかれるお店は一流ばかりで、贈られるものも高いブランド物ばかりだし、車やマンションをプレゼントされた子だっています。そういう人たちの隣に立つために、自分を飾る服もアクセサリーも靴もバッグも、すべて高価なものばかり買うようになります。そして、それが常識になってしまう」

　映も複数のパトロンを持ちそういう生活をしているときがあった。今も富豪の雪也に養ってもらっているようなものなので、そう変わらないだろう。

　しかし彼女たちと違って、ブランド物や高価なプレゼントには特に興味がない。強いて言うなら美少年が欲しい。

「芸能界をやめたって、収入が変わったって、上がってしまった生活水準はそう簡単に戻せません。そして多くの子たちが夜の商売に流れるんです」

「なるほど……価値観は確かにすぐには変えられませんよね」

昨日会ったマナミもそうなのかもしれない。雪也の言うように、あそこにいることでチャンスを掴む機会を窺っているのだろうが、やはりそれ以上に普通の仕事につくことが難しいのだろう。

男と数時間過ごすだけで大金が転がり込んでくる生活を知っていると、一日中働いて少しの収入を得る日常がばかばかしく思えてしまうのも仕方がない。その分、富裕な男が連れ歩いて自慢になるような女でいなくてはいけない。稼ぐ額も出る額も大きい。一般人とはまったく違う世界に住んでいるのだ。

「あの、この前、すみません。私、友達を紹介してあげられなくて」

「ああ、大丈夫ですよ。昨日井上マナミさんに会ってきました」

「えっ、本当ですか」

香苗は当然マナミを知っているだろう。友達が元メンバーだったというのなら、いじめのことも認識していたのだろうか。

「彼女、元気でしたか」

「ええ、お元気そうでしたよ。また芸能界に復帰したいと言ってました」

「そうなんですか……」

香苗はどこか複雑そうな表情で目を伏せる。

「難しいだろうな。でも、諦めないなんてすごい。強い気持ちがあれば、いつか夢も叶うかもしれませんね」

「マナミさんとはお知り合いですか」

「いえ、特に……。私、芸能界で本当に友達が少なくて……足の引っ張り合いの世界ですから」

実際にその場にいた香苗が言うと、静かな口調でもすごみがある。

映もかつて多くの嫉妬を受ける立場だったが、あまり意に介したことはなかった。それは恵まれた背景、才能があるゆえの余裕だったのだろう。当時はほとんど自分を妬む者たちのことなど考えていなかったが、その環境から離れた今ならばわかる。自分は本当に様々なものに守られていたのだと。

「マナミさんも、香苗さんと同じ疑いを持っていましたよ。自分たちを陥れたのは桜庭ゆりだと断言していました」

「ええ……そうだと思います。私も、それで間違いないと」

「ただ気になるのは……彼女、ゆりは意地悪をされても何も言わない、大人しい子だったと言うんです」

香苗は一瞬ハッとしたように目を見開いた。

「私は桜庭ゆりに現場で会いましたが、まったくそんな様子ではなかった。もちろん、今や人気者ですから、性格も変わったのかもしれませんが」

「そう……かもしれませんね」

香苗は俯き、しばらく黙り込む。表情が見えないので何を考えているのかわからないが、映は先程の反応に僅(わず)かな違和感を覚えた。

「私は今芸能界から離れているので何とも言えません。でも……ゆりには色々あると思ってます。それで、調査をお願いしたので……」

「ああ。報告書を見ていただければわかると思いますが、ゆりにいい仕事が多く来るのはマネージャーの手腕です。彼がある才能を使って上層部を取り込んでいたようで」

「それで、スキャンダルも出ないんですか」

「そのようです。そのマネージャーがつけば、ゆりに限らず誰でも売れるそうで、有名な話だそうです。そこはすぐに解明できました。ただ、なぜ彼女を売り出す対象に選んだのかなど、そこはまだ調査中です」

そうですか、と香苗は呟(つぶや)き、どこか上の空で報告書を眺めている。

「かなり時間がかかると思ったんですけど……随分早く調査って進むものなんですね」

「いいえ、正直偶然の幸運というか……関係者と濃厚に接触できているので、本当にラッキーでした。このまま順調に進めば、香苗さんのご負担も軽く済ますことができます」

「いえ……私のことはどうぞお気になさらず。夏川さんたちがお噂以上に素晴らしくて、嬉しい驚きです」

川越のフェロモンが見える体質のことなどは、あまりに漫画じみていてさすがに報告書には書けなかったが、このことも彼が映たちに興味を抱き自ら明かさなければ到底わからなかったことだろう。

枕営業なのではと少し疑われながらもそれが明るみに出ていないのは、川越が対象に言い含めているからに違いなく、恐らく普通に探っているだけでは解明できなかった。

引き続き調査をお願いします、と頭を下げ、香苗は事務所を後にした。映は彼女の香水の残り香に包まれながら考え込む。

（何か……引っかかってる感じだったよなぁ）

最初から感じていたことだが、香苗は自分が知っていることのすべてをまだ明かしていないように思う。自分の友人のことも誰か明かしていないが、もしかすると井上マナミがそうだという可能性もある。

桜庭ゆりの性格が、きゅーきゅーきゅーぴっどにいた頃と今では随分違うようだ、という話に、香苗は大きく反応を示していた。そのことについて、もしかすると心当たりがあるのではないか。

（まあ、あの子も一筋縄じゃいかなそうな印象だもんな……調査の進展具合でそのうちわ

かるだろ）

今日は撮影現場に行った雪也が、もしかするとその後に川越とまた飲むかもしれない。そのときになったら連絡をくれるというので、それまで少し時間が空く。

「ヒロ社長んとこ行って、少し話聞くか……」

きゅーきゅーきゅーぴっどのことをもっと知りたい。だが、いきなりセントプロに乗り込むわけにもいかない。

映はとりあえずステラスターズで界隈（かいわい）の情報収集をしながら、雪也の連絡を待つことにした。

＊＊＊

一方その頃雪也は、相変わらず桜庭ゆりに口説かれていた。

「ねぇ、雪也さんのイギリス時代のこと教えてよ。あなたのことなら何でも知りたいの」

「僕の話なんてつまらないですよ。ゆりさんのことの方が知りたいです」

撮影の合間に主演女優のゆりがエキストラの役者にへばりついていても、周りは誰も気にしなくなった。今度はあいつか、としか思われていないのだろう。

「えっ、嬉しい！　なぁに、ゆりの何が知りたいの」

「そうだな……アイドル時代のこととか聞いてみたいです」

「えー……それこそ面白くないよぉ」

輝いていたゆりの顔が俄に曇る。きゅーきゅーきゅーぴっどの頃のことはあまり話したくないらしい。いじめられていたのなら、それも当然かもしれない。

（けど、いじめの復讐でメンバー全員のスキャンダルをリークするだろうか……いじめた方がただの意地悪と言っていても、いじめられた側が心に深い傷を負っていることはもちろん有り得る。しかし、やや大規模というか、本格的過ぎるというか……）

もしも本当にゆりがメンバーたちからのいじめでこの復讐を実行したのだとしたら、それはマナミが言うよりもよほどえげつない、残酷なものだったに違いない。

雪也はゆりにされるがままになりながらもギリギリで誘惑をかわしつつ、情報を引き出そうとするがなかなか上手くいかない。

この前のように酔わせても、あの状態ではまともな話もできなそうだ。まさか川越のようにゆりに枕営業するわけにもいかない雪也は、何とか方法はないかと考える。

そのとき、俄に現場がざわついた。

何かあったのかと一瞬緊張を漲らせると、「あー」とゆりが立ち上がって遠くに手を振り始める。

「社長、お疲れ様ー！」

（社長……？　セントプロの高橋か）

　思わず雪也も立ち上がる。すると数人のスタッフを引き連れて、初老の男がゆりに歩み寄ってきた。

　若い頃は結構な美形だったのではと思わせる顔立ちだ。身長は高くはないが、元役者なだけあって醸し出す雰囲気に味がある。

　少し薄くなりかけた胡麻塩頭を後ろに撫でつけ、小麦色の肌に口ひげをたくわえている。ピンクのジャケットにブルーのシャツ、カーキのパンツ。いかにも業界人というやや派手な出で立ちだ。

　表情は穏やかだが、チラと雪也を見たときの視線は値踏みする目つきそのものだった。やり手のオーラがひしひしと伝わってくる。

「ゆり、きちんとやってるか」

「うん、ちゃんと台詞も覚えてるよ。もう、子どもじゃないんだから大丈夫だって」

「あはは。お前は自由気ままだからな……」

　高橋は頷きながら、ゆりがへばりついている雪也を今度はじっくりと観察する。

　それに気づいてゆりが「今のお気に入り！」とヌケヌケと紹介すると、高橋はフッと口元に微かな笑みを浮かべた。

「ほどほどにしておけよ」

「大丈夫！　ね、雪也さん」

何が大丈夫なのかわからないが、とりあえずにっこりと微笑んでおく。

高橋はそれから現場を軽く見て回り、すぐにいなくなってしまった。一体何をしに来たのだろうか。

「社長はああやって時々現場を見に来るんです。ゆりの様子を見て帰るんですよ」

撮影が始まってゆりが雪也から離れたタイミングで、川越がそっとやってきて説明する。

「彼女を見に来るだけなんですか」

「ええ。ずっとそうです。社長は本当に彼女を大切にしているので」

どうしてそこまでゆりを大事にするのだろうか。どうもそこがふしぎでならない。

ゆりが雪也をお気に入りなどと平然と紹介するということは、これまでも同様に複数の『お気に入り』を披露してきたのだろう。そしてそれをまるで咎めようとしない。

「で、どうですか、如月さん」

「え？　どうって」

「笹川さんに伝えてくださいましたか？　僕が研きゅ……いえ、お会いしたいとお願いしたじゃないですか」

川越はすでに仕事そっちのけで映に執着している。他の男にはない興奮の仕方だが、映の過剰なフェロモンをコントロールするという目的のために、雪也としてもぜひ会わせたいところだ。

「彼には今度川越さんと話すとき連絡すると言ってあります。いつでも大丈夫だと思いますよ」

「本当ですか！」

雪也の言葉にかぶせるように食いついてくる。相変わらず曇ったメガネの奥で川越の目が情熱的に輝いているのがわかる。

「いや、僕は本当に幸運です……あんな伝説級の方に出会えるなんて。あれを確認できるのが僕の視覚でだけなので、映像や写真に記録できないのが残念です」

「僕もあなたに出会えてよかったと思ってますよ。ぜひ映さんにコントロールの方法を教えてあげて欲しいんです。この前も、あなたは多分僕とバーに行ったときだけ解放したんですよね？　あれは、キーはやっぱりメガネなんですか」

「すごいな、それを理解されてましたか」

川越は感心し切ったように満面の笑みになる。

「その通りです。別にメガネじゃなくてもいいんです。ものでなくたっていい。僕の場合それがやりやすいというだけですから。スポーツ選手でも、競技に向かう前のメンタルコントロールってそれぞれやり方が違うでしょう。ああいう感じです」

よくわからないが、なるほどと頷いておく。

要するに、最も力を発揮したいときにそうできるよう、己の精神力、身体能力を操る術を身につけるということだろうか。

「だけど、如月さんはすごいですよね。僕が誘おうとしても全然びくともしなかった。そんな人は初めてでしたよ」

「ああ……やっぱりそうしようとしてたんですか」

なぜ誘惑しようと思ったのだろうか。ふと、疑問に思う。

川越は社長の命令でしか動かない。彼が個人的に雪也を誘おうと思ったのなら、それはやはり研究のための実験か、あるいは他の目的があるのか。

「でも、僕がなびいていないとなぜわかるんです。顔に出ないだけかもしれないじゃないですか」

「いや、僕にはフェロモンが見えますから。僕がアプローチをかけて反応すると、フェロモンも反応するんです。だから、どんなに涼しい顔をしていても、僕には相手の体がどういう状態なのかすぐにわかってしまうんです」

「え……それってすごくないですか。じゃあ、誰が誰を好きだとか、そういうことも見ていてわかってしまうんですか」

「わかりますよ」

あっさりと川越は肯定する。

「だから如月さんと笹川さんの関係もわかりました。恋人同士、片思い、不倫、そんなものがすべて見ているだけで察知できます。相手に欲望を抱くと体が反応する。これはごく普通のことです。そして僕にはそれが見えるということなんです」

フェロモンが見えるというのは思っていたよりもかなりすごい能力なのかもしれない。最初は随分とイロモノの力だと感じたものだが、こうして聞いてみると応用力がすごそうだ。サーモグラフィを搭載しているような状態に近いのだろうか。

「如月さんは恐らく、日常的に笹川さんのケタ違いのものを浴びているので、もう普通のレベルではまったく問題にならないのでしょう。耐性ができている」

「耐性……そういうのってできるものなんですかね」

「人間の体は学習していきますから。毒も少しずつ慣らせば効力が薄まっていくでしょう。麻薬もそうです。ただ、強過ぎるものには拒絶反応も出ます。体が『これは別の何かだ』と認識してしまうかもしれない。笹川さんのあれをずっと浴びていると、大体の人間は支障が出てくると思うのですが」

「そうでしょうね」

映が話していた『自分が夢中になると捨てられる』というのはそういうことだったのか。数学の難問の解を発見したような爽快感(そうかいかん)が雪也の脳内にあふれた。

映がより相手に依存すれば、きっと映の発するフェロモンも更に濃厚になる。それは強過ぎる麻薬のようにショック症状を引き起こすのかもしれない。逃げ出したいと、発作的に感じるのだろう。今まで魅力的で心地いい、最高だと思っていたものが、強烈な恐怖に変わるのだ。

もちろん、映の人生を変えた最初のあの男は違う理由だったのだろうけれど。

「きっとあなたも常人離れしたものを持っていたから平気だったのかもしれません。如月さん、笹川さん以外ではもう満足できないかもしれませんよ」

「ええ……わかってます。それでいいんです」

死んだって放すつもりはない。毒だろうが何だろうが、それを他の人間に与えるくらいならば閉じ込めて自分だけのものにする。中毒症状が起きても本望だ。

自分がこれほどに映に惹かれ続けるのがその異常なほどのフェロモンゆえだったとしても、何ら問題はない。それは紛れもない彼自身であり、彼の一部だ。他の男も引き寄せてしまうのは大いに困りものだが、自分が側にいるときにより強くなるという川越の言葉が、雪也に大きな喜びを与えていた。

（別に映さんの気持ちを疑ってたわけじゃないが……あの人は本当に俺を欲しているんだ。精神的にでも肉体的にでもどちらでもいい。あの人に欲しがられているということが、何よりも嬉しい……）

「はい、カット！　ゆりちゃん、今のよかったよー」

「はあ、よかったぁ。何度もやり直しさせちゃってごめんなさい！」

ゆりが苦戦していたひとつのシーンが終わり、次はエキストラたちも加わる場面になる。

雪也は「また後で」と川越に目礼し、他の役者たちと前に進み出た。

＊＊＊

映がステラスターズを訪れると、折悪しくヒロ社長は留守だった。

帰りを待つついでに、先日話を聞いた、川越と一緒にバイトをしていたというスタッフに礼を言いに行く。

調査の件はヒロ社長以外知らず、ただ偶然スタッフの中に川越のことを知っている人物がいたと教わっただけだ。彼にはただ世間話のような調子で川越の名前を出し、話してもらっただけなので、礼と言っても「情報ありがとう」と直接的に言うのではなく、小さな菓子折りを渡す程度である。

秘密にしたいことは、それを知っている人数が多くなればなるほど漏れやすくなる。ただでさえ狭い業界なのでそこは気をつけなければいけない。

「笹川さん、今日も和装？　渋いっすね」

「慣れると楽ですよ。今は洗える着物も多いしお勧め」

スタッフはステラスターズに入社してまだ一年だ。事務をやっていて女性の多い職場のためか身なりも清潔で、なかなか可愛い顔をしている。川越と同じくらいのアラフォーなので、あと二十年若ければと映は内心残念に思っている。

丁度休憩時間ということで食堂で雑談する。ちょこちょこ所属タレントも入ってきて「あれ○○っすよ」と教えられるが、芸能人にあまり興味のない映にはよくわからない。

「笹川さん、もうあれですか、現場は行かないんですか」

「ええ。別の仕事が忙しくなっちゃって。彼は現場だけなら一人でも問題ないですし」

「いいよなぁ。桜庭ゆりと会ったんでしょ。俺、きゅーきゅーきゅーきゅーぴっど好きだったんすよ」

へえそうなんだ、と返しながら、何かいいネタが聞けないかとそこを突っ込んでみる。

「誰のファンだったんですか。ゆり？」

「いやー、あの子は別に。普通に一番人気のマナミちゃんが好きでした。まあ、ビッチだったみたいっすけどねー。残念」

「そっちのファンなら、セントプロに就職しようとか思わなかったの？」

少し声を潜めて聞いてみる。すると、彼は顔を歪めて苦笑した。

「いやぁ……何か、あそこの社長、ちょっと黒い噂あるじゃないですか」

「え、そうなんだ……？　でも、ここより大きい会社なんでしょ」

「そうですけど、知り合いにヤバい人多いって話で。まあ、この業界ってそういう繋がり普通にあるもんなのかもしれないっすけど」

死にかけた川越を救い、ホストをやめさせ自分の会社に雇った高橋。結果的にそれは大成功だったし人を見る目はあったと言える。

夜の世界に何か繋がりがあるのかもしれないが、それは特に珍しいことでもないだろう。

「何だっけ、詳細忘れましたけど、不法滞在してる中国人の女の子集めた店とか、そういうとこでよく見かけるらしいんですよ」

「へえ。知り合いがやってるお店とかなんですかね」

「さあ……でもそういうの怖いじゃないすか。中国マフィアとお友達とか。ヘマしたらぶっ殺されそうで」

「ヘマしたらどこでも怒られるでしょ。それともヒロ社長は優しいんですか？」

映の返しに彼は少し考えて「微妙っす」とケラケラ笑う。きっとヒロ社長が本気で怒ったらめちゃくちゃ怖いのだろうが、この反応を見るに社員には、少なくとも彼には好かれているようだ。

（しかし、不法滞在……中国マフィア……そっちまで行っちまうとさすがに怖ぇな）

できれば極力近づきたくない場所である。今のところ桜庭ゆりの調査にその界隈が関係してくるとは思えないが、高橋社長にそういうきな臭い噂があるということは覚えておいた方がいいかもしれない。

するとそのとき、雪也から連絡が入った。早速これから川越と飲むので、同席して欲しいらしい。ヒロ社長が戻ってくる気配もないし、切り上げ時だろう。

「そろそろ行きますね。付き合ってくれてありがとう」

「いえいえ！　笹川さんとならもっとずーっと喋っててもいいっすよ」

「はは、じゃあまた今度ね」

少しずつ距離を詰めてくる相手を軽くいなしながら、映は食堂を出た。

雪也の知らせてくれた店はここからさほど遠くない。マップで確認しながらステラスターズ本社を出て、通りを少し歩く。

そういえば雪也にまだ返信していなかったと気づいてメッセージを打とうとしたとき、向かい側から歩いてきた誰かにぶつかりそうになった。

「っ……と、すみませ……」

「やーっと見つけた」

驚いて顔を上げると、目深（まぶか）にキャップをかぶりサングラスをかけ、スカジャンにダメージジーンズというラフな格好をした男が映の前に立ちはだかっている。

一瞬の間の後、男が誰か思い出し、映はあっと声を上げた。

「さ、佐々木……さん、でしたよね……」

「そうだよ、佐々木剣だよ。あんたのこと、ずっと探してたんだよ」

キャップやサングラスに隠されていてもわかる爽やかに整った顔を紅潮させ、剣は映の二の腕を摑んだ。

ぎくりとして反射的に振りほどこうとするが、鍛えている俳優の手はびくともしない。

「目立つから、どっか入ろう」

「えっ？　い、いや、俺、これから行くところが」

「そんなのどうだっていいじゃん。俺だよ？　佐々木剣が誘ってんだよ？　どう考えたってこっち優先でしょ」

いやいや、俺だよ？　とか言われても、もはや美少年ではない図体のデカいあなたに何の価値もありませんし……と口走りそうになって慌てて呑み込む。

(これってヤバくねぇか。俺のこと探してって……つまりステラスターズにいつか来るんじゃないかって見張ってたってこと？　今をときめく人気俳優が？)

自分のこの界隈での普段に輪をかけての異常な惹きつけぶりはわかっていた。だから現場に行くことをやめたというのに、まさか男の方からやってくるとは思わなかった。

「なあ、いいだろ。俺、あんたに会ってからずっとあんたのことしか考えられねぇの。アキラちゃん、だよな？　な、ちょっとでいいから付き合ってよ。あんたのこともっと教えてくれよ」

「あ、あの……本当にこれから用事なんで……できれば今度……」

「そんなこと言って逃げる気じゃん？」

見透かされている。映のフェロモンに興奮している男は何を言っても映を逃がすつもりはないらしい。

「俺もあんま自由にできる時間ねぇんだわ。ようやくオフになったから、彼女との約束蹴ってあんたのこと探し回ってたってわけ」

「え、え……そ、それはどうも……」

「だからさぁ……ちょっとこっち来いよ」

話す時間が無駄とばかりに、雑居ビルの間の袋小路に引っ張り込まれる。ほとんど引きずられて草履が脱げ、慌てて「ちょっと、ちょっと待って！」と叫ぶが聞いてくれない。

「やっと見つけたんだ。ここで放すわけないじゃんか」

「ちょ、あ、あんたなぁ……！　いくらなんでもっ……」

剣は我慢できないというように映を強く抱き締めた。

驚きに息が止まりかけた映の首筋に鼻を埋め、スウハアと深呼吸している。

「はぁ……マジいい匂いする……あんたほんとたまんねぇ……」

「えっ、えっ。ち、ちょっと」

ギュウギュウに抱き締めながら、着物の上から尻を鷲掴みにされる。まさかこんなところでレイプでもする気かと真っ青になるが、いくら何でも人気俳優がそんなことはしないはずだ。

「さ、佐々木さん、冷静になって！　誰かに見つかったらスキャンダルですよ、マジで！」

「はぁ……い−よもう、そうなっても……あんた抱き締めてると全部どうでもよくなってくる……」

「いやいやよくない！　将来ボロボロになりますよ！　イケメン俳優が道端で男抱き締めてたとか、とある一部の界隈しか喜びませんよ！」

いくら相手を諭そうとも、聞いている気配がない。ただひたすら「めっちゃいい匂い」「抱きてぇ」「好き」「可愛い」「食べたい」「飲みたい」などと支離滅裂な言葉を繰り返し、ひたすら映の体を揉みまくる。

「あの、あの、やめてください、ほんと、俺、恋人いるんで……！」

「俺もいるよ。気にしないで」

「いや俺が気にするんで‼」

「大丈夫だって。彼氏だってさぁ、相手が佐々木剣なら諦めるっしょ。俺のネコちゃんになってくれるならマジ贅沢させるよ？　何だって買ってやるし。毎晩満足させてやるし」

いやいやもう十二分に死ぬほど間に合ってますんで、と言い返す間にも、どこか冷静な頭が（何で恋人がいるって言ったら普通に彼氏だと思ってんだよ）と突っ込むが、すでに剣の脳内では映はネコちゃんという生き物でしかないのだろう。

「はい、すみません。そこでカットです」

場違いなほど明朗な声が小路に響く。

さすがに剣もハッとして映から体を離すが、そこに立っていた人物を見て安堵のため息を落とした。

「何だ……エキストラかよ」

「はい、エキストラですよ。今回は痴漢にあった恋人を救いにくるヒーロー役ですが」

そう言うや否や、目にも留まらぬ速さで剣に近づき、鳩尾に重い拳を打ちつける。

剣はその場に倒れ込み、勢いよく嘔吐した。丸まった背中を蹴って路肩に転がし、雪也は呆然としている映を優しく抱き締める。

「あーあ……。胸騒ぎがして来てみたら、やっぱりですか」

「あ、あの……ありがと……。何でここ、わかったの……」

「もちろん発信器ですよ。あなたを丸裸で単独行動させるはずがないじゃないですか。それに、そこに片っぽ草履が落ちてました。まるで事件です。さすが俳優の演出力ですね」

そう言いながらしゃがみ込み、お姫様にするように映に草履を履かせる。

「て……テメェ……エキストラのくせに……下っ端のくせに……」

丸まって悶えていた剣が鬼の形相で雪也を睨みつける。

「俺にこんなことしやがって……この世界で生きていけねぇようにしてやる……許えてやる……ぶっ潰してやんよ……！」

「そうですか？　それなら俺は悲しいのでこれをネットに流しますね」

雪也は悲しげに微笑み、手元のスマホでムービーを再生する。

するとと先程のすったもんだのやり取りが延々と流れてゆく。

『あの、あの、やめてください、ほんと、俺、恋人いるんで……！』

『俺もいるよ。気にしないで』

剣は目を見開き硬直している。映も固まった。まさか動画を撮影していたとは思わなかった。

「いやー……結構ゲスなこと言ってましたねぇ。これ流出しちゃったら、この世界で生きていけなくなるのは誰なんでしょうねぇ」

「……てめ……」

何か悪態をつこうとしたのだろうが、明らかに勢いのなくなった剣は沈黙し、ガックリと項垂れ動かなくなる。

雪也はそれに構わず、映の肩を抱いて「行きましょう」とさっさと歩き始めた。

「え……大丈夫かな、あいつ……腹に雪也の殺人パンチ食らって死んだんじゃ……」

「あの程度じゃ死にませんよ。相当手加減しましたし」

「マジでか……。すんげぇ音したけどな……」

雪也は通りでタクシーを呼び止め、映を放り込むように押し込んだ。そのまま汐留の自宅の住所を告げたので映は目を丸くする。

「え……これから川越と飲むんじゃなかったの」

「いえ、既読がついても映さんからの返信がなかったので、嫌な予感がして日を改めると言ってきました。それに、もうあなたを公共の交通機関に乗せられるような気分ではなくなったので」

怒っているのだろうか。けれど正直、雪也の機嫌を気にする余裕が今はない。

映はシートに体を埋め、今更ながら剣の突然の来襲を思い返して震え上がる。

あんな事態になるとは思わなかった。まさしく災難が降ってきたような感覚だ。

スキャンダルを恐れていたはずの剣が、まるで人が変わっていた。映のことしか考えられなくなっていたというのは、その通りなのだろう。まったく周りが見えなくなっていたようだ。

「っていうかさ……人が襲われてんのに、動画撮ってたなんてさ……」

「動画は何よりの動かぬ証拠ですよ。相手が相手でしたから、一応念のため。俺は小心者ですから」

どの口が小心者などと言うのか。

雪也が助けてくれなければあそこでとんでもないことになっていただろうし、感謝はしているのだが、悠々とムービーを撮られていたと思うと何となく素直に喜べない。

「あそこまでするなんて……怖ぇな……俺、芸能事務所にも近寄れねぇわ」

「一人ではもう行動しない方がいいですね。俺も、撮影現場に来なければ大丈夫と思っていましたが、甘かった」

マンションに到着すると、雪也は部屋に入ってすぐに映をきつく抱き締めた。

あの男とは違う、嗅ぎ慣れた体臭。体温。何もかもが安心する。

ほうとため息をつくと、雪也が頬ずりしてくる。

「怖かったですか」

「そりゃ、怖ぇよ……すげぇ勢いで襲われたもん……」

「もう大丈夫です。あいつは絶対にこのことで騒いだりしませんよ」

確かにあんな証拠を見せられてしまえば何もできないだろう。映から離れれば多少冷静になるだろうし、理性的になればこれからの役者人生と映を秤にかけてどちらを取るかは明白だ。

「でもね、映さん……俺、ひとつだけ嬉しかったことがあるんですよ」

「は？　何だよ、それ。さっきの騒動で？」

「映さんが俺のこと誰かに『恋人』って言ったの、初めて聞いた気がするんです」

　そうだっただろうか。そういえば、今まで他人にはっきりと雪也を『恋人だ』と言ったことはないような気もする。そういう意味で伝えてはいても、その言葉を直接口にしたことはなかった。

　そのことを自覚すると、初めて言ってしまったのかと妙な恥ずかしさが込み上げ、頬が熱くなるのがわかった。

　言ったことも覚えていないくらい自然と口走っていたのだ。ということは、もう自分は雪也をそう認識していたのか。

　ずっとどう呼べばいいのかわからない関係だと思っていた。互いの気持ちはわかり切っていたけれど、そう直接呼ぶことに躊躇があったのは、やはり最後の防御線だったのかもしれない。

　恋人などと呼んでしまったら捨てられたとき悲しくなる。セフレのままならばまだ、自分の心を騙すことができる。我ながら悲しい計算だ。

「あ、あんな切羽詰まった場面で、そんな一言で喜んでたのかよ……」

「すごく感動しました。感情を押し殺しながら動画を撮影していましたが、映さんのその言葉を聞いた瞬間、頭が真っ白になったんです。スマホを落としかけて、我に返りました。不幸中の幸いじゃないですけど、俺にとっては本当に最高の一瞬だったんですよ」

散々セックスはしているというのに、映の『恋人』というたった一言でなぜそんなにも喜べるのか。逆に、自分はそんなにも雪也を不安にさせていたということか。自信を持たせてやれなかったということか。

(何だよ……すげぇ強引なくせに……俺様なくせに……こんなときだけ、何でこんな可愛いんだよ……)

愛しさと、妙な哀れみが込み上げ、映は雪也の広い背中をひしと抱き締める。

「何か……ごめんな。言っていいのかわかんなかったし、ちょっと恥ずかしいっつうか……慣れてなくて、言えなかった」

「いいですよ、謝らなくたって。ただ、映さんが咄嗟にそう言ってくれたのが嬉しかったんです。危機的状況であんな風に口から出るっていうことは、少なくとも実際に心の中で少しは俺のことそう思ってくれてたんだと思って……」

ふと、雪也は映の顔を見つめる。

「というか……慣れてないってどういうことです。今まで恋人と呼べる人はいなかったたんですか」

「……いない……多分」

自分で言っていて空しくなる。数え切れないほどの人数と関係を持っておきながら、そう呼べる相手が一人もいないとは、何と寂しい人生だったのか。

「じゃあ、俺が初めての恋人ですか」

「ああ……、そう、なるな」

「すごい。嬉しい。最高です」

「あんたってほんと……意外と単純」

思わず笑みがこぼれる。

このくすぐったいような、不可解な気持ちは何だろうか。ただ、雪也が愛おしい。このひとときがひどく幸福だと感じる。

(ただ恋人って呼んだだけなのに……俺も雪也も純情過ぎんじゃねぇか。いい歳した男どもがさ……)

「まあでも……俺としてはもう恋人よりも夫という気持ちなんですがね」

「は……? いや、それはさすがに飛ばし過ぎ」

「そんなことありませんよ。この前ハネムーンにロシアだって行ったじゃないですか」

「だからあれはハネムーンじゃねぇっつの!」

言葉で小競り合いをしながら寝室になだれ込む。

あの男に散々まさぐられた体を雪也に触れてもらうことで、嫌な記憶が塗り替えられてゆく。

雪也はいつもより興奮しているのかもう切羽詰まったような息遣いをしている。映を愛撫する手の平もひどく汗ばみ、熱い指先が時折震えている。

「はあ……何か……俺、思った以上に舞い上がっちゃってるみたいです」

「何だよ、もう……ガキか。喜び過ぎ」

性急に映の着物をはだけ、我慢の限界というように後ろをいじり、すぐに入れてこようとする。服の上からでもわかる臨戦態勢のものに、覚えず喉が鳴る。

「切羽詰まってんなぁ」

「早くあなたと繋がりたいんです……早く抱きたい」

「焦んなくたって逃げねぇよ……」

口ではそう言いつつ、映も早く雪也が欲しかった。

雪也が可愛くて仕方がない。愛しくて仕方がない。ちょっとした発言から二人は妙に盛り上がってしまい、暴走気味だ。きっと川越のようにフェロモンが認識できる体質だったら、今この部屋がすごいことになっているのが見えただろう。

「はぁ……あ、映さん……」

「んっ……、あ……、は」

今にも弾けそうな雪也のものがローションの濁った音とともに映の中に埋没する。高ぶった心と体がいつも以上に雪也の侵入を悦び、脳内からどばどばと快感物質があふれるような錯覚に、早くも頭が絶頂に飛んでしまう。

「ふぁ……、あ……雪也……」

「ああ……すごい……熱烈な歓迎だ」

雪也は恍惚としながら奥まで埋め、ゆっくりと動き始める。それに合わせて腰をくねらせながら、汗ばむ肌を合わせ、二人は夢中になってキスをする。

心なしか、今日のセックスは甘い。急いで繋がったけれど動物のように激しく交わるのではなく、どこかひとつひとつ確認し合うような優しさがある。

(『恋人』……だからかなぁ。本当今更だけど……)

先程のやり取りを思い出すと甘酸っぱい気持ちになる。ゆっくりと揺らされながら甘い快感に喘ぎ、全身で味わっていると、ふいに雪也が潤んだ目でじっとこちらを見下ろしているのに気づく。

「映さん……また言って」

「へ……？　何……また、って……」

「恋人って……」

子どもが不自由な言葉でねだるような言い方に、思わず噴き出した。

「えぇ……、マジで好きだなぁ」

「好きですよ。何ならあのムービー、映さんのあの発言のところだけ繰り返し見たいくらいです」

「はあ……？　ふ、ふざけんな、何度も見るようなもんじゃねぇだろ」

「だって、また聞きたいんですもん」

雪也はむくれた顔で呟き、はたと思いついたようにサイドボードのスマホに手を伸ばす。

「じゃあこれから撮り直しますから……また言ってください」

「……は？」

撮り直すとは一体どういうことなのか。

少し理解が遅れ、雪也がスマホをこちらに構えているのを見て、その真意に気づく。

「と、撮り直すって……ハメ撮りか⁉」

「まあ、そういう言い方もありますが」

「勘弁しろよ、もう記録に残すのは嫌だって……！」

「一度も二度も同じでしょう。別にいいじゃないですか」

以前も雪也に恥ずかしい写真だの喘ぎ声の録音だのをとられたことがある。それらはおしい。
仕置きとしてのプレイだったが、今回は映が『恋人』と言うのを記念に映像で残したいら

「な、何もセックスの最中じゃなくたって……」

「だってシラフじゃもう言ってくれなそうですし……それに最中の映さんはやっぱり映像で残しておきたいです」

「や、やっぱり撮りたいだけかよ！」

何かの間違いで流出したらどうしてくれるのか。しかし剣に襲われているあの場面を何度も再生されるのも嫌だ。それにどうやらすでに撮影は始まっているらしい。

腰を巧みに動かしながら、雪也はスマホを覗き込んで囁く。

「ね、映さん……言ってください。あなたにとって、俺が何なのか」

「っ……、も、もぉ……そういうの、わざわざ、言わせるもんじゃねぇだろ……」

「いいんですよ、映さんが口にしてるのをもう一度聞きたいだけです」

「だ、だから……」

言うまでいつまでもしつこくねだってくるのは明白だ。

映は諦め、不承不承、雪也の望む言葉を口にしてやる。

「恋人……。雪也は、俺の恋人だよ……」

「ッ……！　あ、映さん……！」

雪也はゴクリと唾を飲み込み、スマホの電源を切ってその辺に放り投げた。「撮影そんだけでいいのかよ」と突っ込む間もなく、雪也はガバと覆いかぶさってくる。

そして映をがっちりと押さえ込むと、ハァハァと獣のように息を荒くしながら口に吸いつき、むちゃくちゃにキスをしながら異常な興奮状態で映の名前を呼ぶ。

「ふぅ、はぁ、あ、映さん、映さんっ……」

「ン、ぅ、ふぁ、あ、ゆ、雪也、何、いきなり……」

「はあ、はあ、やっぱり最高です、ああ、もう、ヤバ過ぎる……！」

雪也は何かの発作でも起きたかのように映の唇を熱烈に吸引しながら、激しく腰を振り立てた。

ドカドカと最奥を立て続けに抉られて目が裏返る。口の中をべろべろ舐められ、舌を吸われ、唇どころか顔中舐め回す勢いでどこもかしこも吸われながら深々と串刺しにされ、映は何度も痙攣しながら大きくオーガズムに達した。

「うぐ、んぅっ、う、ひぃ、あ、はああ」

「くっ、あ、きつい……、奥、吸いついてきます、はぁ、ああ、いいですか、映さん……」

「いい、いぃ、あ、すご、ひ、あ、これ、好きぃ」

腸壁が悦びに震えて雪也のペニスに愛おしげに絡みつく。曲がり角の弾力のある場所にハメこまれると、まるで快感の神経を直接抉られるようで頭が真っ白になり簡単に意識が吹っ飛びそうになる。

「もっと…もっと言ってください！　好きだって……恋人の俺が好きだって！」

「はへ……？　あ、こいびと……？　うん、ゆきや……こいびと……すき……」

「はぁっ、ああ、もっと、もっとです……っ」

腹の奥で雪也が爆発する。勢いよく大量の精液がほとばしり、映は細く悲鳴を上げて潮を噴き上げる。

間髪をいれずに映をひっくり返し、今度はバックから隆々としたものを突っ込み、じゅぼじゅぼと激しい音を立てて抜き差しする。

立て続けの絶頂に頭の中がトロトロに蕩けて何も考えられない。丸い尻を興奮のままに揉みしだかれ極太の男根で中を掻き回され、映はシーツを摑んで泣き続ける。

「はぁ、はひ、は、あ、またイく、うぅ、イくぅ」

「イってください、何度も何度も、たくさんよくなってくださいっ……」

「あぁ、あひ、あ、は、あ、あぁあ」

全長をずっぷりと入れたままぐりゅぐりゅと奥で回され、映はガクガクと震えて精を飛ばしながら、一瞬失神した。前に手を回して映のペニスや胸を揉んだり転がしたりしながら、首筋に鼻先を埋めていつまでも映の匂いを吸っている。

恋人パワーを得た雪也の絶倫ぶりは更に強力になり、無尽蔵の精液を嫌というほどぶちまけられた。

いつの間にかスマホを取り戻し撮影を再開していた雪也は、快楽地獄でＩＱがゼロになっている映に思う存分聞きたいことを言わせ、それらをすべてちゃっかり記録したのだった。

＊＊＊

「はぁ……ああ……ひどい目にあった……」

「どうしてですか。最高の動画が撮れましたよ」

ぐったりとベッドに沈む映に優しくキスをしながら、雪也は上機嫌でムービーを確認している。

「これで映さんが俺を恋人だと言っている証拠が残りました。これから先いくら映さんがそれを否定しようと、はっきり映像で存在しているので言い逃れはできません」

「言い逃れって何だ……どういう状況だよ」

「いえ、ただやはり写真や文章よりも、映像は雄弁だという話で……」

幸福そうに語っていた雪也が、ふと口を閉ざす。「映像……」と呟きながら、何か引っかかったのか首を傾げてスマホを見つめる。

「ん……どうした、雪也」

「……映像。きゅーきゅーきゅーぴっどの映像はたくさん残っているはずですよね」

「そりゃ……ネットにもゴロゴロあるだろうな」

藪から棒に何を言い出すのかと訝っていると、雪也は少し考え、一人で納得したように頷いている。

「もしかしたら、何かわかるかもしれません。あのグループと、桜庭ゆりのこと」

「何？　きゅーきゅーきゅーぴっどの映像なんか見てどうすんだよ」

突然何を言い出すのかと映は苦笑する。

「歌も振り付けも決まったのをやらされてるだけじゃん。そこから何がわかるわけ」

「それはまだわかりません。ただ、見てみようと思っただけで」

「大体どのくらいあると思ってんの。片っ端から見てみようってのか」

雪也はそうです、と頷き真面目な顔で続ける。

「桜庭ゆりは自分のアイドル時代のことを話したがりません。知るためには直接見るしかない。思えば、俺は彼女たちのパフォーマンス中の映像は、あまりきちんと見たことがないんです」

それは映も同様だ。というかアイドルの動画など普段わざわざ見ようとも思わない。

「井上マナミの話で、桜庭ゆりの性格がかなり変わっていることがわかりましたよね。それはグループを抜けた後なのか、それとも抜ける前なのか……もしかしてそのことも順を追って見ていけば推測できるかもしれないと思いまして」

「あー、そういうことか。うーんどうだろうな。まあでも、試してみる価値はあるか」

そもそも、調査対象のことをよく知りもせずにいたのは怠慢だったかもしれない、と反省する。今はすでにないグループだとはいえ、すべての原点はそこにあるはずなのだ。

「元々、あのアイドルグループの謎から発生してる依頼だしな。ひと通り見てみるか」

現在を追うだけではわからないこともある。過去を振り返ることで新しい発見があるかもしれない。

とはいえ、アイドルが歌ったり踊ったりしているところを見て何かわかるのだろうか。映はやや懐疑的ではあるが、桜庭ゆりが過去のことを話さないのであれば、確かに映像で確認する他ない。

そうして突然の雪也のひらめきに乗っかって、二人はきゅーきゅーきゅーぴっど鑑賞会を始めたのだった。

真実

スナックをつまみながら、桜庭ゆりのステージ上の姿を、順を追ってずっと見ていく。

きゅーきゅーきゅーきゅーぴっどの歌はどれも可愛らしく、女の子らしさを前面に出した正統派アイドルと呼べる種類のものだ。

グループの活動期間は約五年。ゆりは初期からのメンバーで、二年半で卒業している。一年に五曲ほどのシングルを出し、歌番組にも盛んに出演。ゆりも十数曲に参加し、十人のメンバーの中で楽しそうに歌い踊っている。

正直、じっと見ていても特に映の興味を引く歌でもなければ踊りでもない。衣装も正統派アイドルの域を出ず、目新しくもない。

そして肝心のゆりはやはりと言うべきか何と言うべきか、単体でカメラに抜かれる時間が他のメンバーに比べて短い。映たちが見たいのはゆりだけなので、彼女を映した瞬間を見るには、一曲一曲、それなりに待たなければならなかった。

ただ、ずっと見ているうちに、映はとある変化に気がついた。映る瞬間が短いからこそ、わかりやすかったのかもしれない。

「なぁ……ちょっと気になったんだけど。少し前のやつ、もう一回見てもいい？」

「ええ、どうぞ。何か気づきましたか」

映はゆりがグループから抜ける半年ほど前のものをいくつか見直している。

「やっぱり……この辺で、いきなりゆりの動きが変わってる」

「え？　振り付け、とかですか」

「いや、そこは一緒。他のちょこちょこ細かいとこだけど。ずーっと歴代の見てると、この音楽番組の出演以降、全部ルーティンが変わるんだ」

雪也に説明するためにウィンドウを二つ重ねて表示する。

「たとえば、わかりやすく言うとウィンク。これまでずっと右でウィンクしてたのが、これ以降左に変わってる。こういうクセっていきなり変わるもんかね……。あと、歌い終わった後マイクを持つ手が右から左。小道具とか花持つ手も一緒で右から左」

再生して比較すると、雪也は「あ……本当だ」と小さく呟く。

「よくそんなところ気づきましたね……俺もゆりだけ観察してたつもりですけど、わかんなかったな」

「ゆりがこの時期の前後に何か怪我したとか、後遺症とかそういうことってある？」

「いえ、ないと思いますよ。事故にでもあえばニュースになるはずですし……どうだろう、いきなりやり方を変えることもあるかもしれませんが……」

「歌じゃなくて、トークとかバラエティ番組とか見れば多分もっとわかりやすい。恐らく、利き手が変わってる」

　怪我の影響で利き手ではない方を使わなければならない状況には見えない。となると、これは何を意味するのだろうか。

「井上マナミが言ってたよな。ゆりは口答えできない大人しい性格だったって。でも、今のゆりは真逆だ。傍若無人な女王様だ。売れ始めて傲慢になったにしてもえらい変わりようだろ」

「ええ。それは確かに気になっていました。環境で人は変わりますが、それでも臆病な人間はその臆病さを完全に消しさることはできない。立場により人格が変化しても、元々の性根というものはどこかに滲んでしまうものです。けれど、ゆりは……俺の印象では今の彼女は天衣無縫というか、陰気なものはほとんど感じられないんですよね」

　映よりも多くゆりに接触している雪也が言うのだから、その印象は合っているのだろう。映は一度同じ現場にいただけだが、やはり雪也と同じことを感じた。

「それを依頼人の八木崎香苗に言ったとき、いつも落ち着いてる彼女が、珍しく反応したんだ。こないだの報告で、ゆりの性格の変化を俺が口にしたら、少し動揺してた」

「香苗さん……何かを知ってるってことでしょうか」

「多分、そうだと思う。今映像で見た変化も、些細なこととはいえ大きい。一時的なものじゃなくて、ある時期を境に変わってる……」

直接彼女に確認してみた方がいいかもしれませんね、という雪也の言葉に同意する。最初から気にかかっていたことだ。香苗はすべてを話していない。情報を何もかも明かしているわけではない。彼女にはそれがうっすらと感じ取れる雰囲気があった。

（もしかすると、この依頼は……）

想像しかけて、頭を振る。あまり先入観を持ち過ぎるのもよくない。

しかし、セントプロの高橋社長のきな臭い噂も考えると、最初に想定した以上に、何かよくない結果が待ち受けていそうな予感がした。

＊＊＊

翌日香苗に連絡すると、彼女は出勤前に事務所に寄りますと言ってすぐに来てくれることになった。

現れた香苗は紺地に夏草の描かれた落ち着いた着物姿で、それに対して顔や髪はほぼセットしておらず、ややアンバランスな見た目である。

「ごめんなさい。いつもお店に行く直前に髪とお化粧をしてもらうんです。みっともないですけど……」

「いいえ、とんでもないです。こちらこそ却って申し訳ありません。ただ、確認したいことがあっただけなんで、こんなに早く来ていただけるなんて」

席を勧めてお茶を出すと、香苗は少し落ち着かない様子で向かい側の二人を交互に見た。

「何かわかったんですか。この前も報告していただいて、かなり進んでいると感じたので、私ソワソワしてしまって」

「あの、ひとつお訊ねしたいことがあるんですが……」

「はい、何でしょう」

「昨日映像を確認していて気づいたことがあるんです。桜庭ゆりがきゅーきゅーきゅーぴっどを辞める半年ほど前に、急に振る舞いが変わったということに、香苗さんはお気づきでしたでしょうか」

薄化粧の香苗の顔が微かに強張る。

「急に、変わった……?」

「ええ。もちろんアイドルとしてのパフォーマンスは表向きは変わっていません。ただ、細かい仕草というか……無意識のうちにするような動作が、ある時期から大きく変わっているんです。まるで、右利きから左利きに突然変化したかのような」

着物の膝の上に置いた白い手が小さく震える。やはり彼女は何も知らなかったわけではないようだ。

「井上マナミに話を聞いたときも、桜庭ゆりの性格が以前と今では大きく異なることが気になっていました。そして、アイドル時代の映像を確認し、もしかすると動作が変化したこの時期に、性格も変わったのではないだろうかと……」

「映像って……ネットにあるようなものですか？」

「ええ、そうです。桜庭ゆりは過去のことを話してくれないので、せめて映像でと確認していました。そのときに気づいたことです」

香苗の顔は少し紅潮し、瞳は熱っぽく輝いている。

「すごいですね。アイドル時代の映像を見ただけで、そんなことに気づいてしまうなんて……びっくりしました」

「香苗さんも、やはりお気づきでしたか？」

数秒の沈黙の後、香苗は顔を上げ、静かに頷いた。

「ええ……。夏川さんの推測は正しいと思います。実は、私もその頃から大きな違和感を覚えていました。ゆりが、あまりにも変わったということが……だんだん、ひとつの疑いに繋がっていったんです」

映と雪也は目を合わせる。

香苗はこのタイミングを待っていたのだろうか。映たちが何も気づかず、調査でもそこに及ばなければ、胸の内に隠したものは明かさずに終えるつもりだったのかもしれない。

「桜庭ゆりのプロフィールはご存じですよね。きゅーきゅーきゅーぴっどの公式ページはもうありませんが、多分ネットのどこかには残っていると思います」

「ええ……ただ、そんなに詳しいものではなかったような。確か東京出身ということと、年齢と、身長と趣味と……今はセントプロの所属タレントのところに経歴が掲載されていますよね」

「はい。そこにも、家族構成は書いていませんよね」

映たちは顔を見合わせる。

香苗の言葉に、映はまさかと思いながら、すぐにひとつの仮説を思い浮かべる。それは利き手が変わっていると気づいたとき、まず想像したものだった。

「もしかして……ゆりは双子……？」

「ええ。実はそうなんです」

嘘(うそ)のような事実をあっさりと香苗は口にする。

「ゆりには双子の姉がいます。『さり』と言います。公表はしていませんが、私はメンバーに友人がいたのでそのことを知っています」

「それじゃ……香苗さんは、桜庭ゆりがその双子の姉のさりと途中から入れ替わったのではないか、と考えているんですか」

「……笑われるかもしれませんけど、その通りです。私の想像に過ぎないので、これまでどなたにもお話ししたことはありませんけれど……」

けれどももしも香苗の推測が現実に起きているならば、利き手が変わったことも、性格が変わったことも説明がつく。

（っていうか、マジで双子かよ……？　顔が同じでいきなり利き手が変わるって双子が入れ替わるくらいしかないじゃーん、とか考えたけど、マジでそうだったのかよ……？）

しかし、香苗は自分の疑惑に確信が持てなかったようだ。

「誰にも言えなかったのは、突飛な想像だったこともありますが、彼女たちが入れ替わる理由がわからなかったからです。結局、すぐにゆりはグループを抜けてしまうわけですし……たとえば踊れなくなった、歌えなくなったからという理由だったとしても、せっかく入れ替わったのに辞めてしまうなんて……」

「確かに、理由というか、わざわざ入れ替わったとすると、そんな大掛かりなことをする意味が必要になりますが……」

「ただ……夏川さんが気づいたことは事実なんです。ある時期からゆりは仕草が変わりました。私は、彼女の性格がやはりそのときに変わっていたことも知っています。だから……ずっと疑っていました」

「もしかして、香苗さんが本当に調査して欲しかったのはそのことだったのですか」

香苗はやや躊躇いながら、小さく頷いた。

「自分の想像があまりに荒唐無稽で……いきなりお話しするには躊躇するに十分なものでした。でも、夏川さんが自ら気づいてくださったので、私も自分の想像をお話しする気になったんです。もちろん、最初に依頼したときの理由も本当のことです。私はただ、ゆりの……あの子の真実が知りたい」

　桜庭ゆりの真実――双子の姉、さりの存在。突然変わった言動。

　これだけ見れば、入れ替わったことはほぼ確定のようにも思えるが、その後グループを脱退し、凄腕のマネージャーをつけられ、一躍人気者になった流れはどう考えるべきなのか。

　香苗が美容院に向かうため事務所を出ていった後、映はソファの上で仰け反ってため息をついた。

「っていうか、何だよ……双子の姉とか……最初に教えてくれよぉ……」

「そこは想像ではなく事実なんでしょうから、情報として提供してくれてもよかったですよね……こちらの調査不足と言われればそれまでですが」

　これまで調査してきた中で、ゆりの双子の姉に触れた人物は一人もいなかった。あえて家族構成に言及する必要もないが、ゆりを長く知る人物ならば、彼女の変化に気づいて疑った者は香苗の他にもいたはずである。高橋社長も、グループのメンバーも、おかしいと思わなかったのだろうか。

「映さん、どう思いますか。さっきの香苗さんの話」

「俺は……双子の姉と入れ替わっていたのは、ほぼ確定だと思う」

同感です、と雪也も頷く。

「振り付けとかじゃない、無意識の行動って素が出るよな。いくら見てくれが同じで、歌もダンスも完璧に覚えても、そういうところまではなかなか変えられない」

「でも、香苗さんも話していましたが、そんなことをする理由がわかりませんよね……」

「……井上マナミは、自分たちがゆりをいじめてたって姉に替わってもらったということですか」

「まさか、それでグループにいられなくなって姉に替わってもらったということですか」

わからない。これもただの想像に過ぎない。

ただ、マナミもこのことを話していたとき、どこか歯切れが悪かった。自分がいじめた側だったのだから話しにくいのは当然のことだが、マナミもすべてを明かしてはいない。

ゆりの周りにいる人間は、皆何かを隠している。真実に近づき始めていると感じるからこそ、苛立ちが強くなる。

「こうなったら、もう直接聞いてみるか」

「えっ。まさか、ゆり本人に、ですか。いや、いくら何でも調査対象に直接……いやいや、もしかすると『さり』かもしれませんが」

「本人じゃなくて、事情を知ってそうな奴。俺たちと話したくてたまんないって男が一人いるじゃん」

雪也はぽんと手を打った。

＊＊＊

雪也が川越に連絡を入れると、間髪をいれずにぜひともという熱烈な承諾の返事が来て、その夜三人で早速飲むことになった。

場所は川越がよく使っているという創作料理の店で、ご丁寧に個室を取ってくれている。本格的に話し込みたいらしい。

「いやぁ、まさかそちらからお誘いくださるなんて！　本当に嬉しいですよ」

「またお会いできて嬉しいです、笹川さん！　僕はあなたともっとお話ししたいと、現場でお見かけして以来ずっと思っていたんです！」

「そ、そうなんですね……それはどうも……」

テーブルを挟んで向かい合っているが、そのうち飛び越えてこちら側にやってきそうな勢いで身を乗り出している。

恍惚とした表情で映を凝視し、動物のように鼻を蠢かせ映を堪能する。その姿はまるで極上のワインに出会ったソムリエである。

「ああ……、相変わらず獰猛なものをお持ちだ。僕もこうしているだけで気分が高揚してきます。フェロモンは匂いじゃないんですが、思わず嗅いでしまいます……というか笹川さんは匂いがしますよ。あまりに強烈なので嗅覚にまで訴えてくるんでしょうか……ああ、本当に素晴らしい……」

「あ、あの、すみません、川越さん。もちろん、僕を好きなように研究していただいて構わないんですが……その前にちょっとお訊ねしたいことがあって」

「ええ、もちろん何でもどうぞ！　僕にわかることでしたら、何でもお話ししますよ」

勢いよく快諾を貰い、映はホッと胸を撫で下ろす。その前に何か要求されたらどうしようと思っていたのだが、少なくともそれは今ではないようだ。

「ありがとうございます。あの、実は……桜庭ゆりさんのことなんですが」

「え？　ゆりですか。ああ、もしかしてゆりのサインが欲しいんですか？　そういうことなら全然、何枚でも書かせますしブロマイドもつけますし、如月さんの付き人さんと言えばゆりも何かサービスを……」

「あーいや、そうではなくて」

そういえば映は雪也の付き人という設定なのだった。自分でも忘れかけていた肩書を思い出させられる。もう現場に同行していないので意味はないのだが。

しかし、この即席の肩書も今夜でおしまいかもしれない。映は覚悟を決め、単刀直入に

話し始めた。

「あの、まず確認したいことがあるんです。ゆりさんには、双子のお姉さんがいらっしゃいますよね？　さりという名前の」

川越は瓶底メガネの奥の目をパチクリとさせて、二人の顔をじっと見つめる。

「それ……どこからお聞きになったんです？　どこにも公表していない情報ですが」

「きゅーきゅーきゅーきゅーぴっどの元メンバーと交友関係のある方と知り合いまして」

なるほど、と呟きながらも、川越は首を傾げている。

「ええ、まあ……確かにゆりには双子の姉がおります。元メンバーならさすがに知っていますが……それがどうかしましたか」

「あの……僕の想像なんですが。今川越さんが担当されてる桜庭ゆりさん、もしかすると姉のさりさんの方なんじゃないかと」

出し抜けに核心を突いてみる。

これは川越の反応を見るためでもあったが、一見その顔色に変化はなかった。いつものようにモサモサした冴えない男がぼけっと座っているだけだ。

「え……？　どういうことですか。ゆりはゆりなんですが……」

「いえ、聞いていると、性格が随分変わられたなと思いまして。きゅーきゅーきゅーぴっどの頃の彼女はもっと大人しい性格だったみたいですが」

「そりゃぁ、まあ、売れてくると多少天狗になってしまいますよね、皆さん。ゆりはちょっと行き過ぎですが、別におかしなことじゃありませんよ」

「それだけじゃないんです。恥ずかしながらアイドル時代のゆりさんが知りたくてずっと動画を見ていたんです。そうしたら、ある時期から振る舞いの方も変わられているようだったので……利き手が変わっていたりとか。性格と利き手が同時期に変わったのなら、それはやはり姉のさりさんと入れ替わったからなのかな？　と」

　畳み掛けると、川越は傾げた首をますます傾げて倒れそうになっている。

「えぇと……その想像は、笹川さんだけのものですか？　それとも、どなたかからお聞きになったとか」

「正直に言いますと、僕だけではありません。他にもそう考えている方がいまして。それで何だか気になって、マネージャーさんとも知り合いだし、聞いてみようかなと」

「そんなぁ。マネージャーの僕に聞いたって、もしそれが本当でもハイそうですと答えるわけありませんよ。僕、クビになってしまいますし」

「でもさっき、川越さん、わかることなら何でも話すと仰ったじゃないですか」

「えー。そりゃそうですけど……参ったなぁ。変な噂が出てるんだなぁ」

　川越はモサモサの頭を指で掻き回しながら、うーんと唸っている。

　その間に頼んだ飲み物や料理が続々と到着する。色鮮やかな和え物や生春巻きなどの前菜から、湯気の立った美味(うま)そうなステーキ、新鮮な刺身。だが、誰も手をつけない。

「僕なんかでも気づいたんですから、他の誰かも気づくかもしれませんよ」

「そうですか？　今までそんな話聞いたこともないんですが」

「きゅーきゅーきゅーぴっどの頃はゆりさんはあまり人気がなかった。というか存在感がなかったようですから、誰も話題にしようとしなかったのかもしれません。でも、今のゆりさんは大人気じゃないですか。グループを抜けて三年です。そこまで昔のことじゃない。映像もたくさん残っています。そうすると、過去の映像を見る人も増えてくるかと」

「まあ、そうですねぇ。多いのは過去の写真なんかを漁(あさ)って、整形したのどうのと騒ぐ連中ですが……昔の経歴を探ったりね。今のところ、ゆりはそこも妙なことにはなっていませんよ。一応、ミステリアスさも売りにしているので、彼女のプロフィールはかなり限定して出しています。入手できる情報は限られています」

　川越はゆりの個人情報は絶対に漏れないと自負しているのか、なかなか折れない。映も諦(あきら)めず淡々と追い詰める。

「あなたは雑誌などは牽制(けんせい)できているようですが、ネットはどうでしょう。あまりにも相手の数が多過ぎますよね。全世界ですから。今のニュースは一般人が撮影したムービーや写真、ＳＮＳに投稿された内容を使って報道することも多い。そういう媒体が報じなくても、ネットで情報が駆け巡りあっという間に広がることだって今は普通です。そうなると、さすがのあなたでももうどうしようもないんじゃありませんか」

「うーん……。それは確かにそうですねぇ。弱ったな」

あまり弱ってなさそうな口調である。「まあ、とりあえず飲みましょう」と映たちを促し、ひとまず乾杯し、普通に料理をつつき始める。緊迫しているのか緩んでいるのかよくわからない空気である。

「何だぁ、今夜はそんなことを話すために僕を誘ったんですね。これじゃハニートラップならぬフェロモントラップですよぉ。ひどいです、如月さん」

「そんなつもりじゃないんですが……」

絡まれた雪也は苦笑し、ビールを口にする。フェロモントラップとは新しい言葉だ。映のみにしか使えないが。

「でも川越さんも彼と飲みたいと言っていたでしょう。で、彼も川越さんと話したいと言う。僕はそれを繋いだだけですよ」

「もちろん僕は会えて嬉しいですよ！　この類い稀なフェロモンを拝めるだけで最高です。でも、笹川さんは僕に会いたいんじゃなくて情報を引き出したかっただけなんですね」

恨み節になってきた川越に、映は慌てて「僕だってお会いしたかったですよ」と宥める。

「あの、もちろん川越さんから聞いたお話をネットに書いてやろうとかどこかにリークしてやろうとか、そういうことじゃないんです。ただ、気になったので聞いてみたかっただけで……」

「まあしかし、潮時ですかねぇ」

川越はビールを呷りながら、どこか遠い目をする。

「同じ考えの人間が複数出てきたということは、それが広がる可能性があるということなので……いずれ、どっかからボロは出るかなとは思ってました。これだけ派手に売り出してしまえばねぇ」

話の流れに、映と雪也はハッと息を呑む。

「それじゃ……やはり？」

「ええ、そうです。笹川さんの想像は当たっていますよ。彼女は桜庭さりです」

やはり、二人は入れ替わっていた。

推測が現実のものに変わる。まさかのハメ撮りからの思いつきで雪也が過去の動画を見ようと提案したことが、こんな事実に繋がるとは驚きの展開だ。

「じゃあ、ゆりはどこへ行ったんですか。姉のさりが彼女の代わりを務めているということは……」

「ゆりは亡くなっています。三年半前に」

衝撃的な事実に、映たちは言葉を失った。

双子の姉妹は入れ替わったわけではなかった。消えた片方に成り代わったのだ。

「一体どうして……何かご病気でしたか」

「自殺です。ゆりはグループ内でひどいいじめにあって、耐え切れず首を吊ってしまいました。あの子は本当に大人しい、何でも自分の中に溜め込んでしまう性格でしたから」

川越は一度ゆりをさりだと認めてしまうと、何も隠す気がなくなってしまったのか、躊躇なく喋り始める。

「僕はきゅーきゅーきゅーぴっどの担当じゃありませんでしたけどね。でも、社長が自ら関わっているプロジェクトでしたから、僕も気にはかけていました。ゆりは一人だけ控室から締め出されたり、衣装を隠されたりして……僕も気づいたときには助けてやったものです。あまり大っぴらに手を出すと贔屓されていると言われてますますいじめがひどくなりかねないので、こっそりでしたが」

「そうだったんですか……。自殺するほどひどいいじめだったなんて」

「可哀想でしたよ。見えないところじゃ、もっとひどいいじめもされていたんでしょう。どうしてそこまでしたんだか」

川越はあまり個人的な感情を露にしない男だが、ゆりのことを話すときは少し悲しげな面持ちになった。

よほど理不尽で度を越したものだったのだろう。人一人を自殺に追い込むほどのいじめは、マナミの言っていたような『子どもっぽいいたずら』とは到底呼べない。

「でも、なぜそれでさりがゆりの代わりをすることになったんです？」

「社長の指示です。グループ内のいじめが原因で自殺したなどという大変なスキャンダルが表に出ることを恐れて、双子のさりを身代わりにしたんです」

異常な判断だった。人間の死を隠蔽して、なかったことにしたのだ。まるでヤクザのような手法に、映たちは呆気にとられた。

「そんな……そんなことが可能なんですか。人一人の死を身代わりを使って隠そうだなんてこと……」

「はい、可能です。実はゆりとさりには戸籍がありませんので。最初から存在していない人間も同然なんです。だから二人いたものが一人になろうと、問題はありませんでした」

あっけらかんと、川越は次々に恐ろしい事実を口にする。

戸籍がない――現在日本には国が認めているだけで八百人以上の無戸籍者が存在しているが、実際はもっと多くいると言われている。

無戸籍となる理由は様々だが、戸籍を持たないまま生活するデメリットはあまりにも多い。住民票が必要な手続きは不可能だしパスポートだって持てない。保険証ももちろん作れない。

　無戸籍の人間は最初から存在していないことになる。その人物が存在したと証明するものがどこにもないのだ。だから、死んでも何も変わらない。ただひとつの命が消えたという事実があるだけで、書類上は何も残らない。

　現在無戸籍でも届け出をすれば行政サービスで様々なことが可能になったが、届け出すらない場合は、その人間が存在している記録がないのだ。

「それはもしかして、高橋社長に繋がりがある不法滞在の外国人と関係がありますか」

「ええ……よくお調べになっていますね」

　フッと川越がどこか嬉しそうに微笑む。

「お二人は興信所か何かですか。まあ、最初から何かわけアリの方々だろうとは思っていましたが。その、ゆりの件で疑いを持っている『他の方』に調査を頼まれたのでしょう」

　川越はすでに映たちの正体を見抜いていたらしい。

　ぼけっとしているようで頭が回る。上から命じられたことをこなすだけの男に見えたが、そうではなかったようだ。

「ゆりとさりは社長の親友の娘です。彼が事故死してしまって、残された二人を引き取ったんです。ただ、母親が不法滞在の中国人で、娘たちは出生届を出されておらず、戸籍がありませんでした。社長の友人はそういう女性たちを置いているクラブを経営していました。その母親も今は行方知れずだそうですが」

「それじゃ、双子にとって高橋社長は育ての親ということですね」

「ええ。彼女たちにとって社長がすべてでした。だから、ああいうことが起こったときも、さりはゆりの代わりになることを受け入れた。そりゃ、悩んだに決まっていますが、結局逆らえなかったのでしょうね」

社長がゆりの育ての親であったこともグループのメンバーは知っていたのだろう。何もかもが普通だったゆりが自分たちと肩を並べてデビューできたのは、高橋社長の贔屓だと確信したに違いない。

もしもゆりが、そのことを少しも気にしない図太く逞しい性格だったなら、恐らくいじめも起きなかった。社長に告げ口されるかもしれないし色々とやり返されるかもしれないからだ。

けれど、川越の言うように、ゆりは『何でも自分の中に溜め込んでしまう』性格だった。それがいじめをエスカレートさせたのかもしれない。

「そしてその見返りとして、さりにグループを出た後の活躍を約束したというわけですか」

「まあ……そうなんでしょう。僕も社長の真意というか、すべてのことは知りません。社長に彼女を売れと言われたからやっていますし、それだけです。もう十年以上社長の側におりますから、そりゃ彼女たちのことは知ってますが」

「それじゃ、グループのメンバーたちのスキャンダルは、やはりさりが妹のためにした復讐だったんでしょうか」

「ええ。そのようです。そして僕が疑問なのは、社長がさりのその行動を止めなかったことです。ゆりの死を隠してまできゅーきゅーきゅーきゅーぴっどを守ろうとしていたのに……結局さりに全部壊されてしまいました」

もしかすると、さりは最初からそうするつもりで、ゆりの身代わり役を引き受けたのかもしれない。

ここで高橋社長の命令を断ってしまえば、自分は追い出されて無一文になり、何の力もなくなってしまう。けれど、言う通りにしていれば大きな力が手に入る。そうなった後、復讐を開始すればいいのだと。

高橋社長がさりの行動に気づいたときには、もう遅かったのだろう。さりが社長の行動を暴露すれば、きゅーきゅーきゅーぴっどどころではない、会社が終わってしまう。

「なるほど……それじゃ、高橋社長が時々ゆりのいる現場を訪れるのは、監視というか牽制の意味合いもあったんですね」

「そうですね。恐らく、そうなんだと思います。育ての親としての愛情と僕は思いたいですが」

川越はあっという間にビールを飲み干し、追加の注文をする。

「ゆりとさりの件を知っているのは、社長と僕、そしてきゅーきゅーきゅーぴっどの元メンバーたちだけです。それともちろん、さり自身」

「世間はゆりに双子の姉がいたことも知りませんしね……。彼女たちの過去を知る者もいないでしょう。戸籍がないのなら、恐らく学校にも行っていないのでは？」

「ええ。僕の記憶では、家庭教師を雇って読み書きや最低限の学習はさせていたと思います。今は行政の支援を受けて義務教育を受けることも可能だと思いますが、社長があの子たちを引き取ったのは丁度僕が入社した頃だったので、ちょっと遅かった。公式プロフィールではゆりは二十歳ですが、実際は二十四歳です」

川越が入社したのは十年ほど前だという話なので、世間でいえばゆりたちはもう中学生くらいになっていたということか。

「引き取られるまで、どういう生活をしていたのか想像もつきませんが……ゆりたちはかなり過酷な生活を送ってきたんでしょうね」

「社長はゆりのアイドルになりたいという夢を叶えてあげましたし、愛していましたよ、ちゃんと。僕はそう信じていますよ」

川越はしんみりとしながらビールを呷る。

「はぁ。とりあえず、僕は次の就職先を考えないといけません」

「そんな……」

「笹川さんたちのせいじゃありません。こんなことはきっと長く続かないと思っていました。いずれ、どこかから漏れたでしょう。元メンバーの子たちも、自分たちのせいでゆりが自殺しましたから何も言えませんでしたが、これ以上さりが有名になれば、何もかも暴露してやろうという気になる子も出てきたと思います。人数もいますしね」

確かに川越の言う通りかもしれない。少なくとも、井上マナミは大きな不満と憎悪を抱えていた。ゆりのことを『誰かにぶちまけたい』とずっと思っていたと言っていた。

あのとき彼女はすべてを暴露はしなかったが、時間の問題だっただろうし、すでに他の元メンバーでやってやろうと思っている者がいるかもしれない。このご時世、秘密を世間に暴露するやり方はいくらでもある。

「川越さんなら、どこでもやっていけますよ。あなたのマネージャーとしての腕はどこも欲しがっています。もちろんステラスターズも」

雪也は落ち込んでいる川越を慰める。

「そうでしょうか。僕の特技なんて、ほんとフェロモンしかないですよ……ホストでは失敗しましたし……まあ、今はコントロールできてますけど」

「あっ、そうですそうです、そのことが俺にとっては今夜のいちばんの目的なんですよ！」

突然思い出し、雪也は立ち上がりそうな勢いで川越に詰め寄る。

「川越さん、一体どうやってフェロモンをコントロールするんですか。それを映さんに教えてあげてください。ぜひとも！」

「ああ……そういえばそんなことを言ってましたねぇ」

ステーキを頬張りながら、川越はふんふんと頷いている。

「簡単に言えば、萎えることを考えればいいんです」

「へ……？　萎える、とは……」

「発情すると強くなるんですよ。一般には異性を惹きつけたいとき、抱きたい、抱かれたいと思ったときです。なので、その真逆の心理状態にするんです」

映は困惑する。いくら映でも普段から常に発情しているわけではない。萎えているわけでもないが、そこまでしなければ抑えられないのだろうか。

「とはいっても、笹川さんのはもう常人のものとかけ離れていますので……そう意識しても焼け石に水というか……」

「え⁉　話が違うじゃないですか」

「いえ、特に何のお約束もしてませんけど」

やんやと言い合っている川越と雪也をよそに、映はゆりとさりのことを考えている。

（アイドルになったのは、ゆりの夢だったからなんだな……。周りの環境が夜の商売だった影響もあるだろうけど、スポットライトの当たる華やかな世界に憧れてたんだろうか）

存在しない、常に夜のような場所にいたからなのか。今『桜庭ゆり』として生きているさりは、どんな気持ちで芸能界を縦横無尽に駆け回っているのか。

自殺した妹のために元メンバー全員に復讐を仕掛けたさり。高橋社長は身から出た錆とはいえ、ほぼさりに脅迫されているような関係性になっているのだ。

俳優を侍らせ楽しそうに笑っていたさりを思い返す。思うままに遊び、はしゃぎ、それを川越の力で黙らせている。

その姿は最後の打ち上げ花火のように華やかで豪快で、どこかその後の静けさを感じさせるように思えた。

＊＊＊

「はぁ……。あいつ、とんだホラ吹き野郎でしたよ。クソの役にも立ちゃしねぇ」

「雪也ー、口が悪いぞー」

翌日、二人は事務所で報告書を作成していた。

八木崎香苗の依頼の調査はほぼ終了した。事件は解決したのだ。

重要だったのは川越の証言で、他の誰かでは知り得ない情報を提供してもらったわけだが、それでも雪也は非常に不服であるらしい。

「別にいいじゃん、あてが外れたってさぁ。俺もこの体質が自分でどうこうできるなんて思ってねぇし」

「でも！　あいつはコントロールできるって言ったんですよ！　まさか映さんのはすご過ぎるから無理とか言われるとは思いませんでしたよ。そんなの詐欺じゃないですか！」

「知らねぇよ……まあでもヒントくれたじゃん。何だっけ、萎えること考えれば少しはマシになるんだっけ」

そう言われても萎えることを想像し続けるのは悲し過ぎる。ずっと不愉快なことを考え嫌な気持ちでいろというのと同じではないか。

「川越はあのメガネをキーアイテムにしてたんですよ。恐らく、それをかければフェロモンを抑制するクセをつけたんだと思います。映さんもそういうものがあるといいんですが……」

「それって訓練が必要じゃん。パブロフの犬みたいに、何かとリンクさせるってことだろ。まず最初は萎えるものすぐ思い浮かべるの無理だし、写真とか持ち歩いたりしねぇと……兄貴のヌードとか」

「そんな危険物を持ち歩かないでください。後生ですから」

それにしても、これから川越はどうするのだろうか。次の就職先を、などと言っていたが、これから特に何か行動を起こすというわけでもないようだ。

この報告書を香苗に渡せば、彼女が動くかもしれない。映たちは調査をすることが仕事なので、その後の関係者の動向に関してはまったく他人事である。

「つーか、雪也はもう俳優も廃業だな」

「そうですね。必要ないでしょうし……」

「ヒロ社長泣いて縋りついてきそう。やめないでぇって」

「確実にそうなりますね……今から気が重いです」

フェロモンが効き過ぎる業界だとわかった以上、映はもう足を踏み入れることもない場所だ。桜庭ゆりの情報を集めるための潜入調査だったので、それが終われば雪也も俳優を続けている理由はない。

エキストラなので代わりはいくらでもいるし、会社の損害などほぼないだろう。ただお気に入りがいなくなり『桜庭ゆり』からクレームが行くかもしれないが。

「……あれ。この記事……」

そのとき、ふいに雪也がラップトップの画面を見て固まった。

「うん？　どうした」

気になって覗き込んでみると、そこにはひとつのネット記事がトップニュースとして掲載されている。

「これ……井上マナミじゃん。麻薬……、え、マジ？」

それは、きゅーきゅーきゅーきゅーぴっどの元センター、井上マナミが麻薬取締法違反の罪で逮捕されたという記事だった。

「あーあ。復帰したいとか言ってたくせに……何やってんだよ」

「最近多いですね、本当……異性関係のスキャンダルに薬もとなれば、復帰はますます遠のいてしまったでしょうが……」

雪也ははたと検索する指を止める。そして映を見つめ、首を傾げた。

「もしかして……これも、さりの仕業でしょうか」

「え？　それって……マナミが麻薬使ってるってチクったのもさりだってこと？」

それはもちろん、有り得ない話ではない。しかし、彼女はすでにメンバー全員を芸能界から追い出すという作戦を仕掛けて成功しているのだ。その上更にそんな手間をかけるだろうか。

「まさか……復讐、まだ終わってないってことか」

「いえ、もちろん今回はマナミの自業自得ですよ。薬に手を出したのは自分なんですから。ただ、それを誰かから聞いて警察に情報を渡したのだとしたら……ただの想像ですけどね」

「……どうだろうな。妹殺されたようなもんなんだ。芸能界から追放するだけじゃまだ生ぬるいかもしれねぇよな。けど、そうだとすると、マナミだけじゃ終わらねぇぞ」

二人は顔を見合わせ、一瞬ゾクリと寒気を覚える。

もしこれがさりの復讐の続きだとすると、次は一体何が起きるのだろうか。映たちは傍観者でしかなく、ことの真相を知っていても動けない。ただこれから起きることを見つめ続けるしかないのだ。

「川越は、さりがメンバーに復讐してるの知ってたけど、助けたりはしなかったのかな」

「まあ、スキャンダルは出版社に渡れば向こうが勝手に記事にしてくれますが、すでに摑まれた情報を出さないでくれと言って力業で阻止するには彼の力が必要でしょうからね。そんなことまで助けてられないいんじゃないですか」

「じゃあ、今回のことがさりの仕業かどうかも知らねぇか……昨夜べらべら喋ってくれたから、知ってれば答えてくれそうだけど……」

雪也は俯いて何やら考え込んでいる。

マナミの記事は各社から一斉に出たようで、リンクに表示される数が多過ぎる。雪也はいちいちリンクからリンクへ飛んで内容を流し見しているが、どれも同じものだ。

「マナミがアイドルをやっていた頃から薬に手を出していたのだとすれば、最初からそちらの情報を流した方がダメージは大きかったはず……辞めてから薬を使うようになったのかもしれませんね」

「ああ、そうかもな。表舞台から蹴り落とされて、ラウンジ勤務……環境の落差に耐えられなくなってやっちまったのかもしれねぇな」

ついこの間話を聞いた人間が逮捕されるというのはふしぎなものだ。マナミはごく普通の様子で、多少やさぐれてはいたがいかにも薬を使っているとわかるほどすさんだ様子には見えなかった。

「何となくだけど……これからまた色々ありそうだなぁ」

「ですね……」

調査は終了したと思った。すべて解決したのだと。

けれど、このタイミングでマナミが逮捕されたことで、何かが引っかかるように感じる。

(さりの復讐は終わってないかもしんねぇけど、俺たちの仕事は終わった……んだよな。

情報はあらかた手に入れたんだし……)

今までのことを報告書に書いて香苗に渡せば、この件はおしまいだ。しかし、このモヤモヤは何なのだろう。

説明のつかない苛立ちを感じつつ、報告書をまとめて香苗に連絡する。数日後に行きますという返事だったが、彼女もマナミの報道を見て驚いたようだった。「珍しくはないですけどね。私も使っている人、何人か知ってますし」などと、それが今の仕事の業界なのか芸能界の方なのかわからないが、闇を窺わせるメッセージを寄越してくる。

「どうする。仕事終わったし、早速ヒロ社長んとこ行く？」

「これからですか。香苗さんに報告が終わった後でもいいんじゃ」

「でも、このままだとまたエキストラの仕事入れられちまうんじゃねぇの」

そうですね、と雪也は頷き、結局ステラスターズに向かうことにした。今日はヒロ社長は会社にいるらしく、「今から行きますので」と雪也が連絡を入れ車で向かう。

佐々木剣に襲われた嫌な記憶のある場所だが、今回は雪也も一緒だし大丈夫だろう。

「なあ、俳優、どうだった？　台詞とか喋ってみたかった？」

「いえ……別に。特に興味はなかったですね」

「雪也すげぇ目立つし、俳優やったら上手くいきそうだよな。『抱かれたい俳優』とかにランクインしそう」

「あー……あの上位にいる人たち、川越さんが見れば皆なかなかのフェロモンが出てるんでしょうね」

「そういえば、あの人って男相手のときどっちなの？」

「知りませんよ。知りたくないので聞いてません」

ノンケを相手にするのだから、普通に考えればネコだろうか。映の場合、昔はどちらでもいけたはずが、近頃はどいつもこいつも映を抱きたがる。

（やっぱどう考えても雪也のせいなんだよなぁ……絶対抱かれ過ぎてそっちになっちまっ

た。フェロモンの傾向が変わることもあるのかとかは聞いてみたかったな……）

ステラスターズに到着し、以前と同じように受付嬢に案内してもらう。

それにしても、心なしか社内がざわついている。マナミの件だろうかと訝っていると、社長室のドアを開けた瞬間、虹色のジャケットを着たヒロ社長が「ねえ、ちょっと！」と甲高い声で叫んだ。

「どうしました、ヒロさん」

「どうした、って、まだ見てないの？　井上マナミ！」

「ああ、見ましたよ。逮捕されちゃいましたね……」

「んもぅ、そっちじゃないわよぉ！」

体をくねらせてもどかしげに叫ぶヒロ社長。そっちじゃないとはどういうことなのか。井上マナミに関する記事は、麻薬で逮捕された件しかなかったはずだが。

「まさか……移動してる間にまた何かあったのか……？」

「見て、これ！　今皆見てるはずよ！」

ヒロ社長は端末を映たちに向けて動画を再生する。

それはある程度名の知れたユーチューバーのチャンネルだった。だが、映っているのはマナミだ。

彼女はすでに逮捕されたはずなので、これはライブではない。マナミはバッチリ化粧をして、私室なのか普通の女性らしい部屋をバックにカメラに向かって喋りかけている。

『こんばんはー。井上マナミです。これ、私に何かあったら流してって頼んでました。もう、ずーっと言いたかったの。でも、いつか復帰したかったから、言わなかった。だから、これが流れるのは私が諦めたとき』

『あのね、きゅーきゅーきゅーきゅーぴっどのことです。もうみぃんな知ってるよね。でも、まだ絶対皆が知らないことを、これからお話ししまーす』

『私たち、ゆりには本当に悪いことしちゃった。すっごく反省してる。めちゃくちゃ後悔してる。社長に贔屓されてコネでグループに入ったからって、あそこまでいじめることなかった。私たち、本当に悪い奴らだった』

『ゆり、自殺しちゃったの。ごめんね皆、黙ってて。それは私たちのせいなの。私たちがいじめたから……ごめんね、ゆり』

『だからね、今皆が見てるゆりはニセモノだよ。さりっていう、ゆりの双子のお姉ちゃん。急遽さりがゆりになって、半年くらい、きゅーきゅーぴっどで演技してた』

『もう辞めるってことは決まってた。さりは別にアイドルやりたいわけじゃなかったから。それまで一緒にいたけど、あいつってマジ性格悪い。ゆりとは正反対。言いたいこと言うし、やりたいことやる奴。もちろん私たちは社長の決定にも、さりにも逆らえなくて、本当反省してたんだよ』

『だけどさ、さりがグループ辞めてブレイクし始めた頃、いきなり私たちのスキャンダルが出まくったでしょ。あれ、さりがやったの。妹の復讐のために、全部さりが仕組んだんだよ』

『さりがそういうことするの、当然かもしれない。私たちがゆりをいじめたのが悪いんだもんね。でもさ……だけどさ……何であの子、今あんなバンバンテレビ出ていい曲貰っていい役貰って、あんないい思いしてんの？　何の取り柄もないくせに』

『私たちは悪者だよ。悪いことした。それは認める。だけど、皆にも知っておいて欲しいの。あの子は、桜庭ゆりじゃない。ゆりに成り済ました、別の人間だから。私が言いたかったのは、それだけ』

五分程度だっただろうか。マナミはきゅーきゅーきゅーぴっどの内情を暴露しただけで、それ以外のことは特に喋らずに動画は終了した。閲覧数はこの一時間ほどでものすごい数になっている。

「もう、皆大騒ぎよぉ。トレンドにはずっと『桜庭ゆり』『さり』『きゅーきゅーきゅーぴっど』が入り続けてるし……ねぇ、これってマジなの？　龍ちゃん！　あなたたちが調査してたことじゃないのぉ」

「事実……だと思いますよ。まさか、こんな形で公にされるとは思いませんでしたが……」

映も雪也も、マナミの動画を見て唖然としている。昨夜川越に聞いた内容が、今日になって全世界に大々的に発表されてしまったのだ。

セントプロも対応でてんてこ舞いになっているらしく、雪也が川越に連絡してみても反応がない。

「なんつうか……最悪のケース、来ちゃったたって感じだな」

「さりにとって、ってことですか？」

「うん。まあでも、ほぼ復讐は終わってんだろうし、もうバレても別にいいのか……」

これからさりはどうするのだろうか。しかし、これだけ騒ぎになってしまえば警察も動くだろう。この場合、すべてを計画したとされる高橋社長はどのような罪に問われるのか。ゆりの死体を処理したとしたら、死体遺棄罪か。

映の携帯が鳴った。香苗だ。

もちろん彼女も動画を見たのだろう。ヒロ社長に断って、廊下に出て通話する。

「香苗さん。どうしました」

『な、夏川さん、あれ、本当ですか？　ゆりは、亡くなっていたんですか……？』

やはりその件だった。「残念ながら……」と返すと、香苗はしばらく言葉を失っている。

『嘘……そんな……』

「すみません、あの動画は、香苗さんに報告しようと思っていた内容とほとんど同じものです。こんな形で知らせることになってしまって、本当に申し訳ありません」

映たちにとっても寝耳に水だったのだ。

川越から話を聞いた後、さてどうやって依頼人に伝えようかと、報告書を作成しつつ、まずは事務所で会ってひとつずつ説明しようと考えていた。

その後香苗がどうするのか、川越がどうするのか、さりがどうするのか、それは映たちには関係のないことなのだが、香苗のフォローは必要なのでどうやって伝えようかと考えていたのに、マナミの動画でその心配りも無用のものになってしまった。

声や吐息だけでも、香苗がひどく意気消沈しているのが感じられる。

ゆりが死んでいたという事実を知って、すぐに直接電話をかけてきた香苗。その行動を見て、やはりそうか、と映は確信した。

「香苗さん。あなたの言っていた元メンバーの友達というのは、桜庭ゆりのことだったんですよね？」

静かに語りかけると、香苗は洟(はな)を小さく啜(すす)った後、喘(あえ)ぐように言った。

『どうして……わかったんですか』

「何となく、そんな気はしていました。最初の依頼のときから」

やや風変わりな依頼だった。初めての芸能人の調査ということもあったが、その動機の曖昧(あいまい)さも妙だった。

「ただ桜庭ゆりが売れているのが気に入らない、友達がスキャンダルを暴露されたから、という理由では、少し弱い気がしていたんです。自分自身がゆりと深い関わりがなければ、わざわざ探偵を雇ってまで調べようとはしないだろうと」

香苗は沈黙する。スマホを握り締めて、ショックで青ざめた顔をしているのが目に浮かぶ。

『まさか……まさかゆりが死んでいたなんて……そんなことになっていたなんて……』

「彼女の状況は知らなかったんですか？」

『はい……ゆりがいじめられていたなんて、全然。あの子は絶対にそういうことを誰にも言わないので、私は何も知らなくて。ただ、居心地が悪いのかなと感じたことはありました。あまり楽しそうじゃないな、って。でも、そんなにひどいいじめがあったなんて』

川越も、ゆりはすべて自分の中に閉じ込めてしまう性格だと言っていた。本当に大人しい、優しい気性の持ち主だったのだろう。

『ただどこかへ逃げ出しただけだと思っていました……。さりにも、「あなたはさりでしょう。ゆりはどこへ行ったの」と聞いても、彼女は知らんぷりで自分がゆりだとの一点張り。だから、ゆりがどこにいるのか知りたかったのに……探偵まで雇って……まさか、こんなことに……』

映はかける言葉も見つからず、何も言えずにしばらく香苗の啜り泣きを聞いていた。

香苗の依頼は、桜庭ゆりへの嫉妬や憎しみのためではなかった。『本当の桜庭ゆり』はどこへ行ったのか。それを知りたい一心だったのだ。

ひとしきり泣かせて落ち着かせた後、香苗が予定通りの日に事務所に来られることを確認し、通話を切った。

女性に泣かれるのは苦手だ。何も言えなくなってしまう。目の前にいないのなら、肩を抱いてやることもできない。

言葉はひどく空虚で、彼女たちが本当に落ち込んでいるとき、手を握ったり背中を擦ったり、そういった温かい接触が最も慰められるのだと知っている。

（結局、香苗さんにとっては最悪の結果になっちまったってことか……）

映もまさか今回の依頼に人の死が関わってくるとは思わなかった。無戸籍だのいじめだの自殺だの、こんなヘビーな展開になるとは予想外だ。

暗澹たる気持ちで社長室のドアを開けると、イヤイヤと首を振りながら泣いて雪也に縋りつくヒロ社長の姿があった。

こちらはバッチリ想定通りである。

現実と虚構と

落ち込む香苗に調査のすべてを報告し、この一件は終了した。

いつも通り閑古鳥の鳴く事務所の日常に戻り、これまでがひどく慌ただしかったせいか、あまりの落差にボケてしまいそうである。

「何だか……忙しい調査だったな」

「本当ですね。目まぐるしくて疲れました。俳優の真似事もやりましたし、あなたはいつにも増して男を引っかけまくって、最後には逮捕者も出てユーチューブで暴露ときましたもんね……」

騒動は未だに続いている。セントプロの高橋社長は捜査中だし、きゅーきゅーきゅーきゅーぴっどの元メンバーたちの下にはマスコミが詰めかけ、暴露合戦が始まっている。

その様子を見ていると、川越の力はすでに及ばなくなっているのだろう。ネットですべてバラ撒かれてしまったのだから、仕方ないのかもしれない。

そして桜庭ゆり――もとい桜庭さりは、会見を開いた。

自分が姉のさりであることを認め、そして今まで騙してきてごめんなさいとファンに謝った。そして、これからは『桜庭さり』と名乗ることを告げた。

しかし、元メンバーたちへの復讐に関しては否定している。何のことかわからないと言い、自分たちの身から出た錆なのに他人のせいにしようとしている、と批難した。

これからの芸能活動に関しては、とりあえず休養しようと思う、と述べるに留まった。

それを映は意外に思った。てっきり、さりは復讐のためだけにゆりに成り済ましたのであり、その本懐を遂げたのだから、未練はないとすっぱり引退でもしてしまうかと思っていたのだ。

会見の生中継をネットで眺めつつ、雪也はため息をついている。

「何か……考えちゃいますね。芸能界って、本当にイメージ商売ですから……実体がないというか。俺たちは何を見せられていたんだろうと、ふとふしぎに思いますね」

「ゆりとさりの一件を見ると、本当にそう思うよな。中身は別人なのに、誰も気づかなかった。身代わりでもいけると思った高橋社長と、人気を作り上げた川越と……手慣れてるってわけじゃねぇんだろうけど、こういうケース、もしかして他にもあんのかなとか考えちまうよな」

「話題性のために嘘の関係を作ったりもしますもんね。最近は炎上商法もあることだし、何にでもシナリオがあります。そんなことを言ったら、ドラマも映画も、小説も漫画も虚構です。人間は偽りの世界を自ら創り出して楽しむ妙な生き物ですね」

「そういや、川越はこれからどうすんのかなぁ」

めちゃくちゃになったセントプロの中で忙しく駆けずり回っているんだろうと、あれ以来連絡は取っていない。桜庭姉妹との関わりもあったようだし、捜査にも引っ張り出されているだろう。

「どんな相手にも淡々としてたあの人が、ゆりのこと話してたときは悲しそうだったもんな……社長の命令は絶対で従ってたとはいえ、辛かったのかもな。今回のマナミの暴露で、あの人も多少楽になったんじゃねぇかな」

「そうですね。確か自分が入社した頃に、丁度桜庭姉妹も引き取られたと言ってましたもんね」

「……ちょっと待て」

ふと、引っかかりを覚える。

川越と桜庭姉妹――同じ時期に高橋社長に救われたのは、恐らくただの偶然だろう。身寄りのない姉妹と、故郷でトラブルを起こして身ひとつで上京してきた川越。

ただ社長の命令を聞くだけだった川越は、フェロモン以外、他人にほぼ興味を示さない人間だったが、ゆりの性格はよく把握していた。気にかけていたとも言っていた。

きっと境遇や同じタイミングで新しい環境に入ったことも手伝い、彼らは自分たちが思うよりも深い絆で結ばれていたのではないだろうか。

「川越が話してくれたことさ……関係者が少な過ぎて裏も取れないし、ほぼまるっとそのまま受け止めたけどさ……あれ、全部本当だとは限らないよな……」

「どういうことですか。彼が、意図的にどこかで嘘をついていたと？」

「さっきのさりの会見見てても、ちょっと変だなと思ったことがあって。あの子、元メンバーへの復讐は否定してたよな。自分が姉のさりだって認めたのに」

「それこそ、部分的な嘘なんじゃないですか。これ以上自分のイメージが悪くならないように……復帰のことも考えて」

「でも、アイドルに憧れてたのはゆりの方なんだろ？　さりは元々興味がなかった。でも、ゆりの代わりにアイドルやって、その後ピンになって川越の力で売れて……もしかして、楽しくなって手放せなくなったのかもな。スポットライト浴びてさ。人気者になって、皆が自分を見て……快感になっちゃったのかも」

「つまり、当初の計画から目的が変わってきたと？　もしくは……さりは本当にゆりの身代わりにされただけだった？　復讐は、していない……？」

「その可能性もある」

じゃあ、一体誰が。雪也はそう言いかけて、あ、と声を上げる。

「まさか……川越さんですか」

「今考えるとさ……あの人、ゆりのこと知り過ぎてる気がしたんだよな」

芸能界で唯一の友人だったと言っていた香苗も気づいていなかった、ゆりへのいじめ。

メンバー以外で知っていたのは、恐らく川越だけだった。

「ゆりは、自分の中に全部閉じ込めて、誰にもいじめられてるとか言わないような性格だったんだろ？　それなのに、何で担当でもないマネージャーの川越が知ってたんだよ」

「気づいたときにはさり気なく庇ってやってたとも言ってましたよね……普段から気にかけていたんでしょうか」

「誰かに告げ口できない性格のゆりが、川越だけにそれを打ち明けていたとしたら……」

雪也はああ、とため息のように声を漏らす。

「もしかして……二人は恋人同士だったんでしょうか」

「有り得るよな。恋人まで行かなくても、家族のように大切な存在だったのかもしれない。そうすると、マナミたちに復讐する動機としても十分だ」

双子の姉の復讐ではなく、恋人の復讐だった――そう考えると、これまでとは違った側面が見えてくる。

「ちょっと疑問だったんだ。マナミたちの異性関係を計画的に証拠集めて、順番に流出させるってやり方。そんなの、さりに考えつくかね。川越は自分はノータッチだったみたいな言い方したけど、それなら尚更、そんな芸当、あの子にはできないような気がする」

「各業界の上層部の尻の毛まで抜き倒している川越さんなら容易いことかもしれませんね。マスコミのやり方も知っている。そして、どういうスキャンダルが彼女たちにとって致命的かもわかっている……」

「きゅーきゅーきゅーぴっどを守りたかった社長の意向に陰で背いたわけだから、もし復讐が川越のものだったとすると、ゆりとはかなり真剣に付き合ってたんだろうな。忠誠を誓ってる社長の計画を壊したんだから」

「そして、さりが不祥事を次々にリークしたんだと他の誰もが考えそうなことをそのまま俺たちにも言いましたね。実際マナミの動画で、今や誰もがそう信じている。否定しているのはさり本人だけです」

「あの人、さりのこともよく思ってなかったのかな。自分のやったこと、全部さりのしたことになるように仕向けて……」

「ゆりのことを忘れて楽しむようになってしまったからじゃないですか。男遊びをしまくって人気の上にあぐらをかいて、社長命令で川越がコントロールしていることも知らないで。さりからしたら自分だって身代わりをやらされた被害者なんでしょうけれど」

人は忘れるようにできている。だからこそ、ひどく悲しいこと、辛いことがあっても生きていけるのだ。時間は最高の薬である。日々を過ごしていくことで、少しずつ記憶は薄まり、前を向ける。復讐心をずっと抱き続けるのは、並大抵のことではない。

「じゃあ、マナミの麻薬の件はどうでしょう。やはり、川越さんの復讐の延長でしょうか」

「それはこれからのこと見てみねぇとわかんねぇな。続くようなら、やっぱり、って思うけど……」

映と雪也に疑いを抱かせずに騙しおおせた川越である。顔色を隠すのはお手のものだろうし、フェロモンが見えることで相手の精神状態もわかってしまう。人心を操るスペシャリストの彼にとって、小娘の一人や二人、陥(おとしい)れるのはわけもない。

「もし川越の復讐だった場合、薬への誘惑も、もしかしたら仕組まれてたことなのかもしれない」

「そこまでやりますか？　ああ、でも……そうかもしれませんね。これまでの周到なやり方を考えると……」

「彼の中では、マナミか他のメンバーたちが暴露して、ゆりがさりだとバレるところも計画のうちだったんじゃないか。あれだけ頭の回る人が、彼女たちが今後一人も秘密を漏らさないとは考えていなかったと思う」

「それで俺たちにもべらべら喋(しゃべ)ったのかもしれませんね。どうせバレても構わないなら、他人の俺たちに話しても問題ないですし」

雪也と話していると、やはりマナミたちに復讐を仕掛けたのは川越なのではないかという考えが強くなっていく。

桜庭さりが妹のゆりの復讐としてやった、と依頼の報告として香苗に伝えてしまったが、間違っていたのだろうか。

もしそうであれば、香苗には報告し直す必要がある。裏を取りたいところだが、あの男は尻尾を出しそうにない。

今事務所は猫の手も借りたい有り様だろうが、もしもすべて川越の復讐だったとすれば、この状況は彼にとっては本望だろう。

「あー。何か悔しいぞ。俺らもしかするとあのモサ男に遊ばれてたんじゃねぇの」

「確かに癪に障りますが……まあ、彼がゆりと恋人関係だったとしたら、そりゃひどく絶望したでしょうからね。未だに復讐を続けているのなら、悲しみと憤りはまったく癒えていないことになります。そう思うと気の毒ですよ」

「雪也は優しいなぁ。もしかして、あいつのフェロモンにやられた？」

「そんなわけないでしょう！」

雪也は勢いよく立ち上がり、机に脚を投げ出して行儀悪く座っている映を椅子ごと抱き締める。

「俺がやられるのは、あなたのフェロモンにだけですよ、映さん」

「ちょ、ちょっ、倒れる！　傾いてるから！」

慌てる映を難なく抱え上げ、お姫様抱っこをしたまま机に腰掛ける。

「あの人言ってましたよ。俺は全然彼のフェロモンに反応しないって。あなたの異常な強さのものに常に濃厚に接しているから、ちょっと強いくらいじゃ効かないんだそうです」

「何それ……毒かよ。っていうか、あいつが見てるのって本当にフェロモンなのか？　何か違うもんなんじゃねぇのか？」

「さあ、どうでしょう。その可能性もありますが、そうだとしても限りなくフェロモンに近いものだと思いますよ」

　雪也は映を抱き締め、ふんふんと首筋の匂(にお)いを嗅(か)ぐ。

「フェロモンというものには匂いがないそうです。でも、俺はあなたの匂いにいちばん滾(たぎ)る……これがフェロモンじゃないなら何だっていうんですか」

「し、知らねぇよ……俺に聞かれても……」

　雪也は本当に映の匂いを嗅ぐのが好きだ。これまでの男もそうだっただろうかと思い返すが、雪也ほど執心はしていなかった気がする。

「あんた、もしかしてただの匂いフェチとかじゃねぇの」

「映さん以外の匂いで特に興奮したことはありませんよ。もちろん、以前はそれなりに反応はしましたが」

　ふと雪也は大昔を思い返すように遠い目をする。

「そういえば……まだ映さんに出会いたての頃、しばらく女を抱いていなかったときに、クラブでの潜入調査で若い女の体臭に催(もよお)しそうになったこともありました。考えてみたらあれが最後です。女で反応できたのは」

「え……そうなの？　っていうか……雪也、女もうダメなの？」

「いえ、やろうと思えばやれると思いますが、想像できません。あなたが強烈過ぎるので」

雪也は映の匂いを深く吸い込みながらその体を着物の上からまさぐる。

「川越さんの言っていたことは、フェロモンに関してはすべて当たってますよ……俺は確かにあなたのもので麻痺(まひ)しているし、すでにあなた以外では満足できなくなっている。あなたのフェロモンは本当に尋常じゃないので、普通の人間にとっては毒のように感じることもあるんじゃないかと言ってました。あなたを今まで捨てた男たちはきっとそれで逃げ出したんでしょう」

「……俺が依存して、フェロモンも強くなったから？　それで……」

映はふと考え込みかけて、頭を振る。

過去のことは振り切ったのだ。今更原因がわかったとしても意味がない。フェロモンらしきものが見える川越の話は興味深いが、結局抑制できないのなら無用の長物だ。

「もう、いいよ。そういう話は……フェロモンも結局どうにもなんなかったし、俺の異常体質が裏づけられたってだけじゃん」

「そうですね……コントロールできたら夢のようだったんですが……」

「ずっと雪也が一緒にいて。そしたら安全だろ」

何か喋りたそうな雪也の口を唇で塞ぐ。

(俺の匂いであんたを繋ぎ止められるなら、それでいい)

映の心配は、むしろこの体臭が消えてなくなってしまわないかということだ。雪也が自分に執着している原因がこの匂いなのだとしたら、それが失われてしまうのは非常に困る。

(俺は他の男が引っかかるとか引っかからないとか、もうどうでもいいんだ。俺には、あんたがいれば……)

互いの唇を夢中で貪りながら、今日も一日人っ子一人来なかった閑古鳥事務所でイチャついている。ダメ過ぎる社会人だが、盛り上がってしまえばそこがどこでも触れ合いたくなってしまう。

「雪也の匂いも、興奮する……あんたみたいなの、嗅いだことないよ」

「今までの誰にも、ですか?」

「うん……あんただって十分異常。俺の特別な雪也……」

「映さん……」

甘い空気に胸が高鳴る。愛しい男と見つめ合う二人きりの空間。ここではどれだけフェロモンを出そうが何の問題もない。

いよいよ盛り上がってこのまま最後まで、という雰囲気になったそのとき。

「おおおい！　映ァ!!」

「うわっ……あ、兄貴!?」

慌てて雪也の上から飛び退く。突然の来襲に心臓が口から出そうになった。

「な、何だよいきなり！　ノックくらい……」

「ちょっと、どういうこと？　お前何でドラマとか出てるの!?」

「へ……？　ド、ドラマ？」

ぽかんとする映に、拓也は地団駄を踏んで声を上げる。

「今日の昼放送されたドラマだよぉ！　何か山奥の村を復興させるみたいなやつ！　会社の食堂で流れてたの偶然見たんだ。小さく映ってただけだけど、俺の目は誤魔化せない！　あれは絶対にお前だ！」

「あ、あー……。そうなんだ……。ドラマね……」

エキストラとして駆り出されていたことをすっかり忘れていた。しかし映が出ていたのなら同じく雪也もエキストラとして出ていたはずだが、そこにはまったく反応を示さないところが拓也らしい。

「っていうか、さりの出てるドラマ、放送自粛はしなかったんだな？」

「そうみたいですね……まあ今回の場合、さりには特に悪いイメージはないというか……

彼女は身代わりにされただけで薬物だの不倫だのしたわけじゃないですから……」

「何コソコソ話してんだ！」

雪也と小さく囁き交わしていると、興奮し切った拓也は二人の間を裂くようにずずいと体を寄せてくる。

「なあ、映って芸能界デビューしちゃったの⁉　映のエンジェルぶりが全国の電波に乗せられてしまったら、皆がお前のファンになっちゃうじゃないか！　そんなのだめだ！　お兄ちゃんは許しませんよ！」

「い、いや、デビューとかしてないって。兄貴の勘違いじゃ……」

「いーや！　あれは確かにお前だった！　完璧な丸いフォルムの後頭部、笑ったときの頬の愛らしい形、魅力的な天使の瞳……遠くても確実にわかる！　あれは絶対俺のエンジェル、夏川映だッ‼」

いちばん厄介な相手に見つかってしまった。運が悪いにも程がある。

ここまで確信して事務所まで乗り込んでくるのは拓也くらいだろうが、もしかすると他にも気づく人が出てくるかもしれない。

何しろ、今話題の桜庭さりが出ているドラマなのだ。きっと視聴率もかなり高くなっていることだろう。

「ヤバいな……。俺も誰かに気づかれなきゃいいけど……」

「雪也とそっくりな誰かさんの方だと思う人もいるかもな」

あの辺の連中が拓也のように事務所に押しかけてきたら更に面倒なことになる。エキストラとしてでもドラマに出ることの危険性に気づき、二人は顔を見合わせて力なく笑った。

目の前ではひたすら拓也がどういうことだよぉと喚いている。今最高に萎えているので、川越にフェロモンを測定してもらいたいものだ。

人間誰しも、美しいものが好きである。

美的感覚は人それぞれだが、人が美を好むからこそ、美しさは才能と呼ばれ、尊ばれ、商売として成立する。

そんな業界でしのぎを削る者たちを垣間見て、映はしみじみと美しいものの裏側には壮絶な物語があるのだと感じた。

現実は過酷だ。醜いものも多い。だからこそ、人々は美しい虚構を求め、それに夢中になるのだろう。

夢を見るには金がいる。夢を見せるために他の誰かの夢を潰す。

この世は何とも、美しい世界である。

あとがき

こんにちは。丸木文華です。

フェロモン探偵、お陰様で九冊目です。ありがとうございます！

前回のロシアに引き続き、今回はまた大きく舞台が変わって芸能界のお話です。芸能界といえば華やかでキラキラしていて、でも裏は結構ドロドロなんだろうなあなどというイメージがあります。

今回は潮目を変えるようなキャラクターが登場しました。もしかすると今後映たちにまた関係してくるかもしれません。それにしても濃いキャラが多かった……。

最後に、この本をお手に取ってくださった皆様、相変わらずゴージャスで可愛くて艶っぽい挿絵を描いてくださった相葉キョウコ先生、いつも心強い仕事をしてくださる編集のI様、O様、本当にありがとうございます。

シリーズの次の作品でも、また皆様にお会いできるよう願っております。

『フェロモン探偵　アイドルを追え！』、いかがでしたか？

丸木文華（まるきぶんげ）先生、イラストの相葉（あいば）キョウコ先生への、みなさまのお便りをお待ちしております。

丸木文華先生のファンレターのあて先

〒112-8001　東京都文京区音羽2-12-21　講談社　文芸第三出版部「丸木文華先生」係

相葉キョウコ先生のファンレターのあて先

〒112-8001　東京都文京区音羽2-12-21　講談社　文芸第三出版部「相葉キョウコ先生」係

N.D.C.913　222p　15cm

丸木文華（まるき・ぶんげ）
6月23日生まれ。B型。
一年に一回は海外旅行に行きたいです。

講談社X文庫

フェロモン探偵（たんてい） アイドルを追（お）え！

丸木文華（まるきぶんげ）

●

2020年6月3日　第1刷発行

定価はカバーに表示してあります。

発行者――渡瀬昌彦
発行所――株式会社 講談社
東京都文京区音羽2-12-21 〒112-8001
電話 編集 03-5395-3507
販売 03-5395-5817
業務 03-5395-3615
本文印刷―豊国印刷株式会社
製本―――株式会社国宝社
カバー印刷―半七写真印刷工業株式会社
本文データ制作―講談社デジタル製作
デザイン―山口　馨

ISBN978-4-06-519717-2

ホワイトハート最新刊

フェロモン探偵　アイドルを追え!

丸木文華　絵／相葉キョウコ

雪也がイギリス帰りの俳優としてデビュー!?急に人気が出た不審なアイドルを探るため、映と雪也は付き人と俳優として芸能界に潜入した。フェロモンに耐性があるはずの役者たちが、映に群がってきて……？

ホワイトハート来月の予定（7月5日頃発売）

龍の頂上、Dr.の愛情 …………………… 樹生かなめ

豪華客船の王子様 ～溺愛パレス～ ……………… 水瀬結月

※予定の作家、書名は変更になる場合があります。